此事當是從他叔父龍興寺壁畫得來
甲好馬乃薩都剌詩馬亦宜彩色形容是龍
性

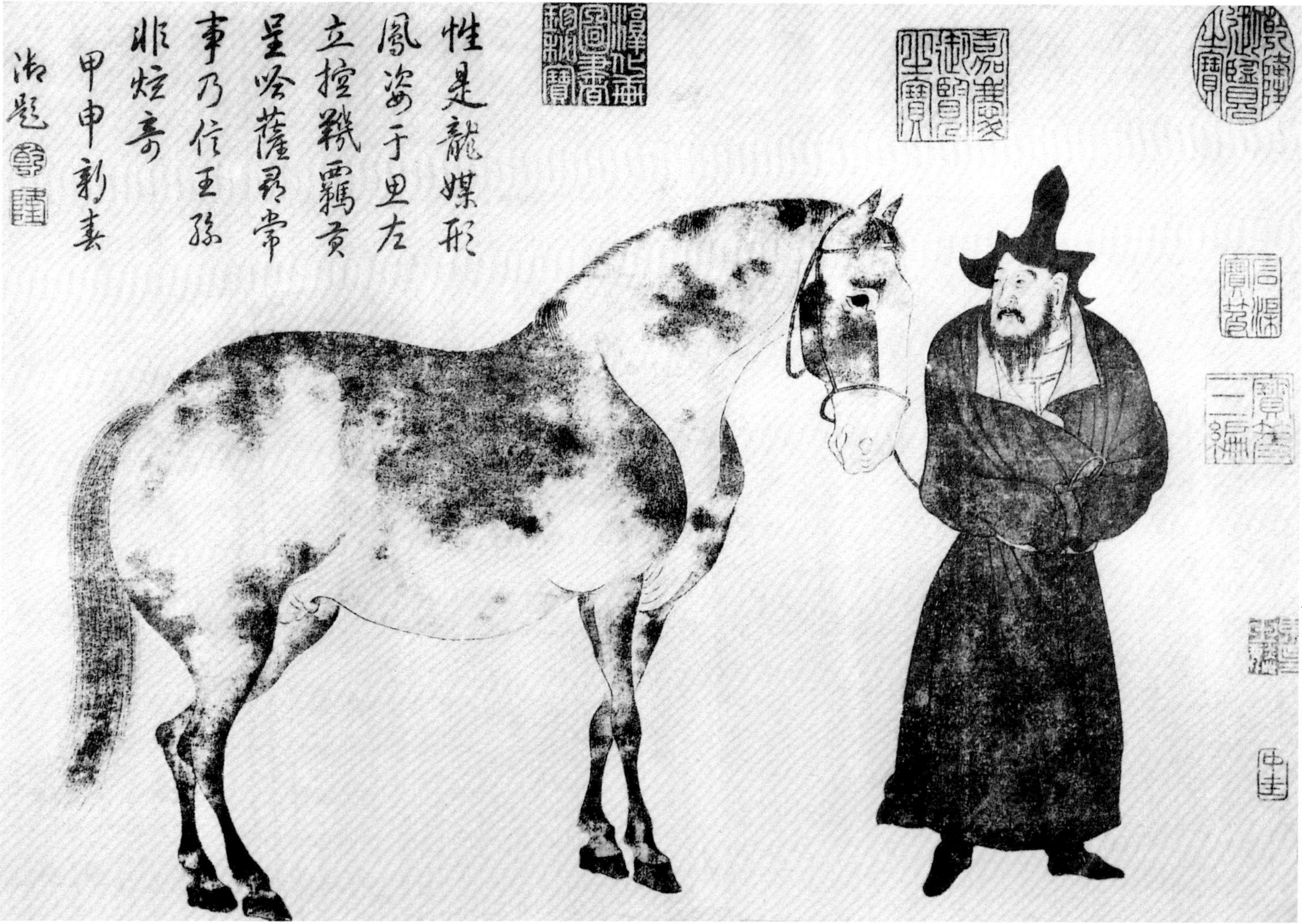

趙雍「人馬卷」之一：趙雍（1289 卒，年不詳）趙孟頫次子，王蒙稱其「畫馬得曹將軍法為多」。
馬是蒙古人的第二生命，元人對馬的觀察特精，元代畫家畫馬也有特殊成就。

元人「禮聘圖卷」（部分）：原圖為一長卷，繪西域人東來元大都朝聘、途中行旅的情景，畫筆工細，當是寫實之作。原圖藏遼寧省博物館。

元人「禮聘圖卷」(部分)

武當山

武當山三公峯

武當山：錄自明刊《天下名山勝概記》。

張三丰像：錄自明刊版畫《列仙全傳》。明代關於張三丰的傳說很多，因為他壽長，有些人把他說成是仙人。

宋人「錢塘秋潮圖」：署名為夏□，傳為夏珪作，圖左之塔即六和塔。現藏蘇州博物館。

潘天壽「之江一截」：之江即錢塘江，圖右之塔為六和塔。
潘天壽，近代國畫家。

宋人「錢塘秋潮圖」：署名為夏□，傳為夏珪作，圖左之塔即六和塔。現藏蘇州博物館。

潘天壽「之江一截」：之江即錢塘江，圖右之塔為六和塔。
潘天壽，近代國畫家。

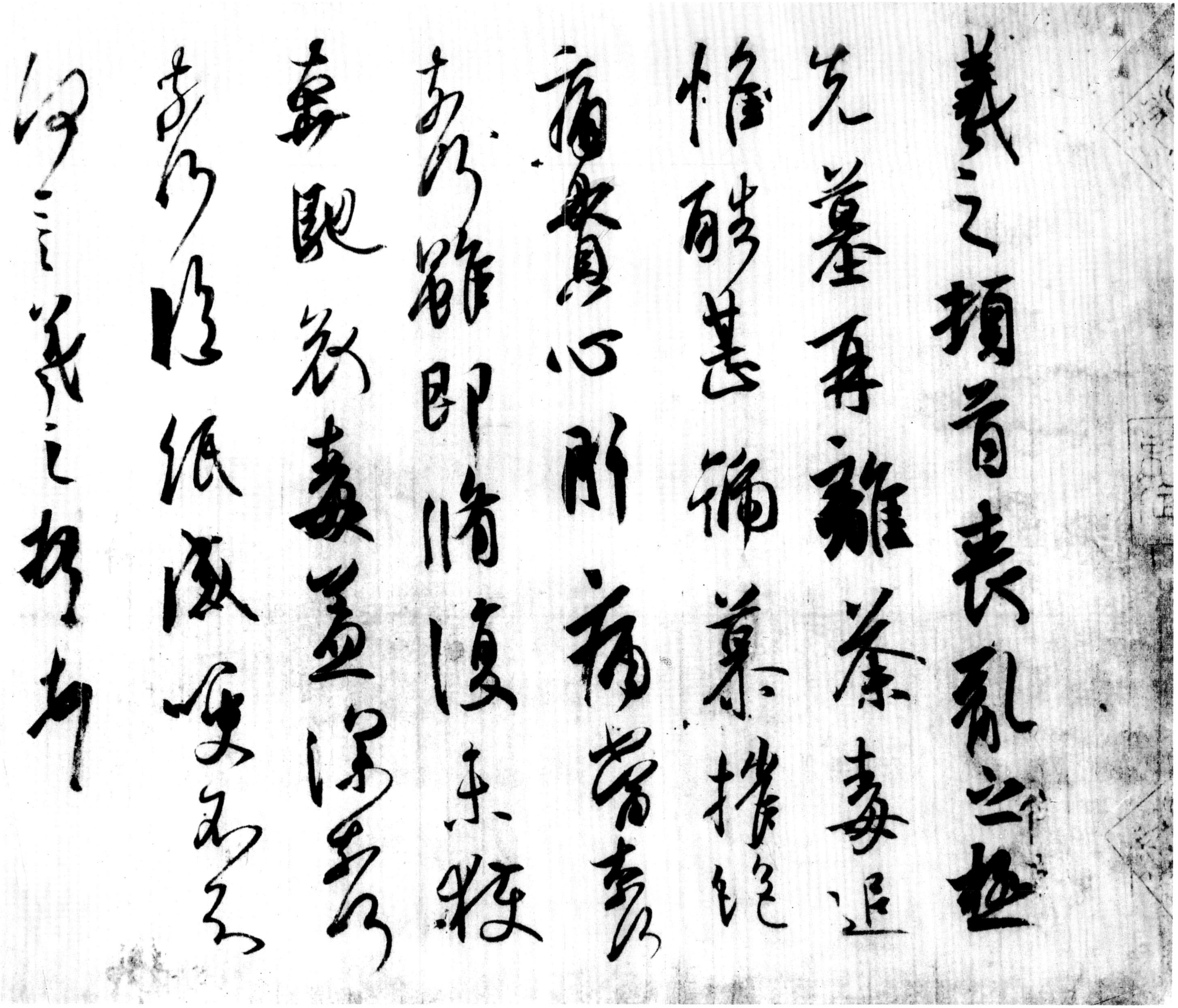
義之頓首喪亂之極
先墓再離荼毒追
惟酷甚號慕摧絕
痛貫心肝痛當奈
何奈何雖即修復未獲
奔馳哀毒益深奈何
奈何臨紙感哽不知何
言義之頓首頓首

王羲之「喪亂帖」──文曰：「羲之頓首。喪亂之極。先墓再離荼毒，追惟酷甚，號慕摧絕，痛貫心肝。痛當奈何奈何？雖即修復，未獲奔馳，哀毒益深。奈何奈何！臨紙感哽，不知何言。羲之頓首頓首。」此帖為雙鉤摹本，為傳世摹本中第一等精品。現為日本皇室所藏。

大字版

倚天屠龍記

金庸

② 北溟冰火

大字版金庸作品集32

倚天屠龍記 (2)北溟冰火 「公元2005年金庸新修版」

The Heavenly Sword and the Dragon Sabre, Vol. 2

作　者／金　庸

封面設計／唐壽南　內頁插畫／姜雲行

發 行 人／王 榮 文
出版・發行／遠流出版事業股份有限公司
臺北市中山北路一段11號13樓
電話／2571-0297　**傳真**／2571-0197　**郵撥**／0189456-1

□2005年 3 月16日　初版一刷
□2022年 3 月16日　二版六刷

大字版 每冊 *380* 元（本作品全八冊，共3040元）

〔另有典藏版共36冊（不分售），平裝版共36冊，新修版共36冊，新修文庫版共72冊〕

ISBN　978-957-32-8103-0（**套：大字版**）
ISBN　978-957-32-8096-5（**第二冊：大字版**）
Printed in Taiwan

YLib 遠流博識網
http://www.ylib.com　E-mail:ylib@ylib.com

目錄

張翠山寫了兩字，身子即將下落，左手銀鉤揮起，鉤入石壁縫隙，右手鐵筆迅速在石壁上刻劃，片刻之間，已寫就了「武林至尊，寶刀屠龍」等二十四個大字。

六　浮槎北溟海茫茫

殷素素聽謝遜向張翠山挑戰，眼見白龜壽、常金鵬、元廣波、麥鯨、過三拳等人個個屍橫就地，和他動手過招的無一倖免，張翠山武功雖強，顯然也非敵手，說道：「謝前輩，屠龍刀已入你手，人人也都佩服你武功高強，你還待怎地？」

謝遜道：「關於這把屠龍刀，故老相傳有幾句話，你總也知道罷？」殷素素道：「聽人說起過。」謝遜道：「據說這刀是武林至尊，持了它號令天下，莫敢不從。到底此刀之中有何秘密，能使普天下羣雄欽服？」殷素素道：「謝前輩無事不知，晚輩正想請教。」謝遜道：「我也不知啊。我要找個清靜所在，好好的想上些時日。」殷素素道：「嗯，那妙得緊啊。謝前輩才識過人，倘若連你也想不通，旁人就更加不能了。」

謝遜道：「嘿嘿，姓謝的還不是自大狂妄之輩。說到武功，當世勝過我的著實不少。少林派掌門空聞大師……」說到這裏，頓了一頓，臉上閃過一絲黯然之色，「……以及空智、空性兩位大師，武當派張三丰道長，還有峨嵋、崑崙兩派的掌門人，那一位不是身負絕學？青海派僻處西疆，武功卻實有獨到之秘。明教左右光明使者、護教法王，個個……嘿嘿，非同小可。便是你天鷹教的白眉鷹王殷教主，那也是曠世難逢的大才，我未必便勝他得過。」殷素素站起身來，躬身道：「多謝前輩稱譽。」

謝遜道：「我想得此刀，旁人自然一般的眼紅。今日王盤山島上無一人是我敵手，這一著殷教主可失算了。他想憑白壇主、常壇主二人，對付海沙派、巨鯨幫各人已綽綽有餘，豈知半途中卻有我姓謝的殺了出來……」殷素素插口道：「並不是殷教主失算，乃是他另有要事，分身乏術。」謝遜道：「這就是了，倘若殷教主在此，一來我自忖武功最多跟他半斤八兩，二來念著故人之情，總也不能明搶硬奪，這麼一想，姓謝的自然不會來了。殷教主向來自負算無遺策，但今日此刀落入我手，未免於他美譽有損。」

殷素素聽他提到與殷教主的故人之情，心中略寬，繼續跟他東拉西扯，要分散他心意，好讓他不找張翠山比武，說道：「人謀難知，天意難料，世事不可必。正所謂謀事在人，成事在天。謝前輩福澤深厚，輕輕易易的取了此刀而去，旁人千方百計的使盡心機，卻反而不能到手。」

謝遜道：「此刀出世以來，不知轉過了多少主人，也不知曾給它主人惹下了多少殺身之禍。今日我取此刀而去，焉知日後沒有強於我的高手，將我殺了，又取得此刀？」

張翠山和殷素素對望一眼，均覺他這幾句話頗含深意。張翠山更想起三師哥俞岱巖只因與此刀有了干連，至今存亡未卜，而自己不過一見寶刀，性命便操於旁人之手。

謝遜嘆了口氣，說道：「你二人文武雙全，相貌俊雅，我若殺了，有如打碎一對珍異的玉器，未免可惜，可是形格勢禁，卻又不得不殺。」殷素素驚問：「爲甚麼？」

謝遜道：「我取此刀而去，若在這島上留下活口，不幾日天下皆知這口屠龍刀是在我姓謝之手。這個來尋，那個來找，我姓謝的又非無敵於天下，怎能保得住沒有失閃？旁的不說，單是那位白眉鷹王，姓謝的就保不定能勝得過他。何況他天鷹教人多勢衆，謝某卻只孤身一人？」說著搖了搖頭，說道：「殷天正內外功夫，剛猛無雙，謝某好生佩服。想當年……唉……」嘆了一口長氣，又搖了搖頭。

張翠山心想：「原來天鷹教教主叫作白眉鷹王殷天正。」冷冷的道：「你是要殺人滅口。」謝遜道：「不錯。」張翠山道：「那你又何必指摘海沙派、巨鯨幫、神拳門這些人的罪過？」謝遜哈哈大笑，說道：「這是叫他們死而無冤，臨死時心中舒服些。」張翠山道：「你倒有慈悲心。」

謝遜道：「世人孰誰無死？早死幾年和遲死幾年也沒太大分別。你張五俠和殷姑娘正當妙齡，今日喪身王盤山上，似乎可惜。但在百年之後看來，還不是一般。當年秦檜倘若不害死岳飛，難道岳飛能活到今日麼？秦檜還不是也死了。一個人只須死的時候心安理得，並非痛苦萬分，也就是了。咱們學武之人，眞要死而無憾，卻也不是易事。因此我要和兩位比一比功夫，誰輸誰死，再也公平不過。你們年紀輕些，就讓你們佔個便宜。兵刃、拳腳、內功、暗器、輕功，隨便那一樁，由你們自己挑，我都奉陪。」

殷素素道：「你倒口氣挺大，比甚麼功夫都成，是不是？」她聽了謝遜的說話，知道今日難關看來已無法逃過。王盤山島孤懸海中，天鷹教又自恃有白常兩大壇主在場，決無差池，因此不會再有強援到來。她話雖說得硬，語音卻已微微發顫。

謝遜一怔，心想她若要跟我比賽縫衣刺繡，梳頭抹粉，那怎麼成？朗聲道：「當然以武功爲限，難道還跟你比吃飯喝酒嗎？不過就算比吃飯喝酒，你也勝不了我這酒囊飯袋。咱們以一場定勝負，你們輸了便當自殺。唉，這般俊雅的一對璧人，我可眞捨不得下手。」張翠山和殷素素聽到「一對璧人」四字，都臉上一紅。

殷素素隨即秀眉微蹙，說道：「你輸了也自殺麼？」謝遜笑道：「我怎麼會輸？」殷素素道：「比試便有輸贏。這位張五俠是名家子弟，說不定有一門功夫能勝過了你。」謝遜笑道：「憑他有多大年紀，便算招數再高，功力總是不深。」

張翠山聽著他二人口舌相爭，心下盤算：「甚麼功夫我能僥倖和他鬥成平局？輕功麼？新學的這套掌法麼？」突然間靈機一動，說道：「謝前輩，你旣逼迫在下動手，不獻醜是不成的了。要是我輸於前輩手下，自當伏劍自盡，但若僥倖鬥成個平手，那便如何？」謝遜搖頭道：「沒有平手。第一項平手，再比第二項，總須分出勝敗為止。」

張翠山道：「好，倘若晚輩勝得一招半式，自也不敢要前輩如何如何，只是晚輩請前輩答允一件事。」謝遜道：「一言為定，你劃下道兒來罷。」

殷素素大是關懷，低聲道：「你跟他比試甚麼？有把握麼？」張翠山低聲道：「說不得，盡力而為。」殷素素低聲道：「若是不行，咱們見機逃走，總勝於束手待斃。」

張翠山苦笑不答，心想：「船隻已盡數被毀，在這小小島上，又能逃到那裏去？」整了整衣帶，從腰間取出鑌鐵判官筆。謝遜道：「江湖上盛稱銀鉤鐵劃張翠山，今日正好讓我的狼牙棒領教領教。你的爛銀虎頭鉤呢？怎地不亮出來？」

張翠山道：「我不是跟前輩比兵刃，只比試寫幾個字。」說著緩步走到左首山峯前一堵大石壁前，吸一口氣，猛地裏雙腳一撐，提身而起。他武當派輕功原為各門各派之冠，此時面臨生死存亡的關頭，如何敢有絲毫大意？身形縱起丈餘，跟著使出「梯雲縱」絕技，右腳在山壁一撐，一借力，又縱起兩丈，手中判官筆看準石面，嗤嗤嗤幾聲，已寫了一個「武」字。一個字寫完，身子便要下落。

他左手揮出，銀鉤在握，倏地一翻，鉤住了石壁的縫隙，支住身子重量，右手跟著又寫了個「林」字。這兩個字的一筆一劃，全是張三丰深夜苦思而創，其中包含的陰陽剛柔、精神氣勢，可說是武當一派武功到了巔峯之作。雖然張翠山功力尚淺，筆劃入石不深，但這兩個字龍飛鳳舞，筆力雄健，有如快劍長戟，森然相向。

兩字寫罷，跟著又寫「至」字，「尊」字。越寫越快，但見石屑紛紛而下，或如靈蛇盤騰，或如猛獸屹立，須臾間二十四字一齊寫畢。這一番石壁刻書，當眞如李白詩云：「飄風驟雨驚颯颯，落花飛雪何茫茫。起來向壁不停手，一行數字大如斗。恍恍如聞鬼神驚，時時只見龍蛇走。左盤右蹙如驚雷，狀同楚漢相攻戰。」

張翠山寫到「鋒」字的最後一筆，鐵筆直豎，勢若奔雷，銀鉤和鐵筆同時在石壁上一撐，翻身落地，輕輕巧巧的落在殷素素身旁。

謝遜凝視著石壁上那三行大字，良久良久，沒有作聲，終於嘆了口氣，說道：「這樣的好字，我寫不出，是我輸了。」

要知「武林至尊」以至「誰與爭鋒」這二十四個字，乃張三丰意到神會、反覆推敲而創出了全套筆意，一橫一直、一點一挑，盡是融會著最精妙的武功。就算張三丰本人到此，事先未曾有過這一夜苦思，則既無當時心境，又乏凝神苦思的餘裕，要驀地在石壁上寫二十四個字，也決計達不到如此出神入化的境地。謝遜那想得到其中原由，只道眼前是爲屠龍寶刀而起爭端，張翠山就隨意寫了這幾句武林故老相傳的言語。其實除了這二十四字，要張翠山另寫幾個，其境界之高下，筆力之強弱，登時相去倍蓰了。

殷素素拍掌大喜，叫道：「是你輸了，可不許賴。」

謝遜向張翠山道：「張五俠寓武學於書法之中，別開蹊徑，令人大開眼界，佩服，佩服。你有甚麼吩咐，請快說罷。」迫於諾言，不得不如此說，心下大是沮喪。

張翠山道：「晚輩末學後進，僥倖差有薄技，得蒙前輩獎飾，怎敢說得『吩咐』兩字？只斗膽相求一事。」謝遜道：「求我甚麼事？」張翠山道：「前輩持此屠龍刀去，卻請饒了島上一干人性命，但可勒令人人發下毒誓，不許洩露秘密。」

謝遜道：「我才沒這麼傻，相信別人發甚麼誓。」殷素素道：「原來你說過的話不算數。說道比試輸了，便要聽人吩咐，怎地又反悔了？」

謝遜道：「我要反悔便反悔，你又奈得我何？」轉念一想，終覺無理，說道：「你們兩個的命我便饒了，旁人卻饒不得。」張翠山道：「崑崙派的兩位劍士是名門弟子，生平素無惡行……」謝遜截住他話頭，說道：「甚麼惡行善行，在我瞧來毫無分別。你們快撕下衣襟，緊緊塞在耳中，再用雙手牢牢按住耳朵。如要性命，不可自誤。」他這幾句話說得聲音極低，似乎生怕給旁人聽見了。

張翠山和殷素素對望一眼，不知他是何用意，但聽他說得鄭重，想來其中必有緣故，於是依言撕下衣襟，塞入耳中，再以雙手按耳。突見謝遜挺胸吸氣，張開大口，似乎縱聲長嘯，兩人雖聽不見聲音，但不約而同的身子一震，只見天鷹教、巨鯨幫、海沙派、神拳門各人一個個張口結舌，臉現錯愕之色；跟著臉色顯得痛苦難當，宛似全身在遭受苦刑；又過片刻，一個個的先後倒地，不住扭曲滾動。

崑崙派高蔣二人聞聲大驚，當即盤膝閉目而坐，運內力和嘯聲相抗。二人額頭上黃豆般的汗珠滾滾而下，臉上肌肉不住抽動，兩人幾次三番想伸手去按住耳朵，但伸到離耳數寸之處，終於又放了下來。突然間高蔣二人同時急躍而起，飛高丈許，直挺挺的摔將下來，便再也不動了。

謝遜閉口停嘯，打個手勢，令張殷二人取出耳中布片，說道：「這些人經我一嘯，盡數暈去，性命可以保住，但醒過來後神智錯亂，成了瘋子，再也想不起、說不出以往之事。張五俠，你的吩咐我做到了，王盤山島上這一干人的性命，我都饒了。」

張翠山默然，心想：「你雖饒了他們性命，但這些人雖生猶死，只怕比殺了他們還更慘酷些。」心中對謝遜的殘忍狠毒說不出的痛恨。但見高則成、蔣立濤等一個個昏暈在地，滿臉焦黃，全無人色，心想他一嘯之中，竟有如斯神威，委實可駭可畏。倘若自己事先未以布片塞耳，遭遇如何，實難想像。

謝遜不動聲色，淡淡的道：「咱們走罷！」張翠山道：「到那兒去？」謝遜道：「回去啊！王盤山之事已了，留在這裏幹麼？」張翠山和殷素素對望一眼，均想：「還得跟這魔頭同舟一晚，這幾個時辰之中，不知還會有甚麼變故？」

謝遜引著二人走到島西的一座小山之後。港灣中泊著一艘三桅船，那自是他乘來島上的座船了。謝遜走到船邊，欠身說道：「兩位請上船。」殷素素冷笑道：「這時候你倒客氣起來啦。」謝遜道：「兩位到我船上，是我嘉賓，焉能不盡禮接待？」

三人上了船後，謝遜打個手勢，命水手拔錨開船。

船上共有十六七名水手，但掌舵梢公發號令時，始終指手劃腳，不出一聲，似乎人人都是啞巴。殷素素道：「虧你好本事，尋了一船又聾又啞的水手。」

謝遜淡淡一笑，說道：「那又有何難？我只須尋一船不識字的水手，刺聾了他們耳朵，再給他們服了啞藥，那便成了。」

張翠山忍不住打個寒戰。殷素素拍手笑道：「妙極，妙極，既聾且啞，又不識字，你便有天大秘密，他們也不會洩露。可惜要他們駕船，否則連他們的眼睛也可刺瞎了。」張翠山橫了她一眼，責備道：「殷姑娘，你好好一位姑娘，何以也如此殘忍？這是人間慘事，虧你笑得出？」殷素素伸了伸舌頭，要想辯駁，但一句話說到口邊，瞧了瞧他面色，又縮了回去。謝遜淡淡的道：「回到大陸，自會將他們眼睛刺瞎。」張翠山向幾名舟子瞧了幾眼，心下惻然：「到得明天，你們便連眼睛也沒有了。」

這時風帆升起，船頭緩緩轉過，張翠山道：「謝前輩，島上這些人呢？你已將船隻盡數毀了，他們怎能回去？」謝遜道：「張相公，你這人本來也算不錯，就是婆婆媽媽的太喜多事。讓他們在島上自生自滅，乾乾淨淨，豈不美哉？」張翠山心知此人不可理喻，只得默然，見座船漸漸離島遠去，心想：「島上這些人雖大都是作惡多端之輩，但如此遭際，總是太慘，若無人來救，只怕十日之內無一得活。」又想：「崑崙派的兩名弟子這般死在島上，他們師長定要找尋，看來中原武林中轉眼便是一場軒然大波。」

這幾年來武當七俠縱橫江湖，事事佔盡上風，豈知今日竟縛手縛腳，命懸他人之手，毫無反抗餘地。張翠山又氣悶，又惱怒，低頭靜思，對謝遜和殷素素都不理睬。

過了一會，他轉頭從窗中望出去觀賞海景，見夕陽即將沒入波心，照得水面上萬道金蛇，閃爍不定，正出神間，忽地一驚：「夕陽怎地在船後落下？」回頭向謝遜道：「掌舵的梢公迷了方向啦，咱們的船正向東行駛。」謝遜道：「是向東，沒錯。」

殷素素驚道：「向東是茫茫大海，卻到那裏去？你還不快叫梢公轉舵？」

謝遜道：「我不早已跟你們說清楚了？我得了這柄屠龍寶刀，須得找個清靜所在，好好思索些時日，要明白這寶刀爲甚麼是武林至尊，爲甚麼號令天下，莫敢不從。中原大陸是紛擾之地，若有人知我得了寶刀，今日這個來搶，明日那個來偷，打發那些兔崽子也夠人煩的了，怎能靜得下心來？倘若來的是張三丰先生、天鷹教主這些高手，我姓謝的還未必能勝。因此要到汪洋大海之中，找個人跡不到的荒僻小島定居下來。」

殷素素道：「那你把我們先送回去啊。」謝遜笑道：「你們一回中原，我的行藏豈不就此洩漏？」張翠山霍地站起，厲聲道：「你待如何？」謝遜道：「只好委曲你們兩位，在那荒島上陪我過些逍遙快樂的日子。」

張翠山道：「倘若你十年八年也想不出刀中秘密呢？」謝遜笑道：「那你們就在島上陪我十年八年，我一輩子想不出，就陪我一輩子。你兩位郎才女貌，情投意合，便在島上成了夫妻，生兒育女，豈不美哉？」張翠山大怒，拍桌喝道：「你別胡說八道！」斜眼睨去，只見殷素素含羞低頭，暈紅雙頰。

張翠山心下暗驚，隱隱覺得，若和殷素素再相處下去，只怕要難以自制，謝遜是外面的強敵，而自己內心中心猿意馬，更是個強敵，如此危機四伏的是非之地，越早離開越好，強抑怒火，說道：「謝前輩，在下言而有信，決不洩露前輩行蹤。我此刻可立下重誓，對誰也不吐露今日所見所聞。」

謝遜道：「張五俠是俠義名家，一諾千金，言出如山，江湖間早有傳聞。但是姓謝的在二十八歲上立過一個重誓，你瞧瞧我的手指。」說著伸出左手，張翠山和殷素素一看，只見他小指齊根斬斷，只賸下四根手指。

謝遜緩緩說道：「在那一年上，我生平最崇仰、最敬愛的一個人欺辱了我，害得我家破人亡，父母妻兒，一夕之間盡數死去。因此我斷指立誓，姓謝的有生之日，決不再相信任何一人。今年我四十一歲，十三年來，我只和禽獸爲伍，我少殺禽獸多殺人。」

張翠山打了個寒戰，心想怪不得他身負絕世武功，江湖上卻默默無聞，絕少聽人說起，想是他二十八歲上所遭遇之事定是慘絕人寰，以致憤世嫉俗，離羣索居，將天下所有的人都恨上了。他本來對謝遜的殘忍暴虐痛恨無比，這時聽了這幾句話，不由得起了一些同情之意，沉吟片刻，說道：「謝前輩，你的深仇大恨，想來已經報復了？」

謝遜道：「沒有。害我的人武功極高，我打他不過。」張翠山和殷素素不約而同「咦」的一聲，說道：「比你還厲害？這人是誰？」謝遜道：「我幹麼要說出他名字，自取其辱？若不是爲了這場深仇大恨，我何必搶這屠龍寶刀？何必苦苦的去想這刀中秘密？張相公，我一見你，便跟你投緣，否則照我平日脾氣，決不容你活到此刻。我讓你二人多活些時日，已大破我常例，只怕其中有些不妙。」

殷素素問道：「甚麼多活些時日？」謝遜淡淡的道：「待我想通了寶刀中的秘密，離島之時再將你二人殺死。我遲一天想出來，你們便多活一天。」殷素素道：「哼，這把刀不過沉重鋒利，烈火不損，又有甚麼特別秘密？甚麼『號令天下，莫敢不從』，也不過說它能在天下兵刃中稱王稱霸罷了。」

謝遜嘆道：「假若當眞如此，咱三個就在荒島上住一輩子罷。」突然間臉色慘然，心情沮喪，覺得殷素素這幾句話只怕確是實情，那麼報仇之舉看來終生無望了。

張翠山見了他神色，忍不住想說幾句安慰之言。不料謝遜噗的一聲，吹熄了蠟燭，說道：「睡罷！」跟著長長嘆了口氣，嘆聲之中充滿著無窮無盡的痛苦、無邊無際的絕望，竟然不似人聲，更像受了重傷的野獸臨死時悲嗥一般。這聲音混在船外的波濤聲中，張殷二人聽來，都暗暗心驚。

張翠山向船艙外望去，月光映照下，只見海面上白影晃動，卻是海中一條條大魚、中魚，不住躍出水面，一眼望去，不知有幾千幾萬條，蔚為奇景。張翠山少歷海上生涯，渾不知萬魚齊躍是甚麼意思。

海風一陣陣從艙口中吹進，殷素素衣衫單薄，過了一會，漸漸抵受不住，不禁微微顫抖。張翠山低聲道：「殷姑娘，你冷麼？」殷素素道：「還好。」張翠山除下長袍，道：「你披在身上。」殷素素大是感激，說道：「不用。你自己也冷。」張翠山道：「我不怕冷。」將長袍遞在她手中。殷素素接了過來披在肩頭，感到袍上還帶著張翠山身上的溫暖，心頭甜絲絲的，忍不住在黑暗中嫣然微笑。

張翠山卻只在盤算脫身之計，想來想去，只一條路：「不殺謝遜，不能脫身。」他側耳細聽，在洶湧澎湃的浪濤聲中，聽得謝遜鼻息凝重，顯已入睡，心想：「此人立下重誓，一生決不信人，他和我二人同臥一船，竟能安心睡去，難道他有恃無恐，不怕我下手加害？不管如何，只好冒險一擊。否則稍有遲疑，我大好一生，便要陪著他葬送在茫茫大海的荒島之上。」輕輕移身到殷素素身旁，想在她耳畔悄聲說句話，那知殷素素適於此時轉過臉來。二人兩下裏一湊，張翠山的嘴唇正好碰上了她右頰。

張翠山一驚，待要分辯此舉並非自己輕薄，卻又不知如何說起。殷素素滿心歡喜，將頭斜靠在他肩頭，霎時間心中充滿了柔情密意，忽覺張翠山的口唇又湊在自己耳旁，低聲道：「殷姑娘，你別見怪。」殷素素早羞得滿臉熾熱如火，也低聲道：「你喜歡我，我好開心。」她雖行事任性，殺人不眨眼，但遇到了這般兒女之情，竟也如普天下初嘗情愛滋味的妙齡姑娘一般無異，心中又驚又喜，又慌又亂，若不是在黑暗之中，連這句話也不敢說。

張翠山一怔，沒想到自己一句道歉，卻換來了對方的眞情流露。殷素素嬌艷無倫，自從初見，即對自己脈脈含情，這時在這短短八個字中，更表達了傾心之忱，張翠山血氣方剛，雖以禮自持，究也不能無動於衷，只覺她身子軟軟的倚在自己肩頭，淡淡幽香，陣陣送到鼻管中來，待要對她說幾句溫柔的話，忽地心中一動：「張翠山，大敵當前，何以竟如此把持不定？恩師的教訓，難道都忘得乾乾淨淨了？便算她和我兩情相悅，她又於我俞三哥有恩，但終究出身邪教，行爲不正，須當稟明恩師，得他老人家允可，再行媒聘，豈能在這暗室之中，效那邪褻之行？」想到此處，當即坐正身子，低聲道：「咱們須得設法制住此人，方能脫身。」

殷素素正迷迷糊糊地，忽聽他這麼說，不由得一呆，問道：「怎麼？」

張翠山低聲道：「咱們身處奇險之境，若於他睡夢之中偷襲暗算，太不光明正大，非大丈夫所當為。我先叫醒他，跟他比拚掌力，你立即發銀針傷他。以二敵一，未免勝之不武，可是咱二人和他武功相差太遠，只好佔這便宜。」

這幾句話說得聲細如蚊，他口唇又是緊貼在殷素素耳上而說，那知殷素素尚未回答，謝遜在後艙卻已哈哈大笑，說道：「你若忽施偷襲，姓謝的雖然一般不能著你道兒，總還有一線之機，現今偏偏要甚麼光明正大，保全名門正派的俠義門風，當眞自討苦吃了。」這個「了」字剛出口，身子晃動，已欺到張翠山身前，揮掌拍向他胸前。

張翠山當他說話之時，早已凝聚眞氣，暗運功力，待他出掌拍到，當即伸出右掌，以師門心傳的「綿掌」還擊，雙掌相交，只嗤的一聲輕響，對方掌力已排山倒海般壓了過來。張翠山心知對方功力高出自己甚遠，早存了只守不攻、挨得一刻便是一刻的念頭。因此兩人掌力互擊，他手掌給撞擊得向後縮了八寸。這八寸之差，使他在守禦上更佔便宜，不論謝遜如何運勁，一時卻推不開他防禦的掌力。

謝遜連催三次掌力，只覺對方掌力比自己微弱得多，但竟微而不衰，弱而不竭，自己的掌力越催越猛，張翠山始終堅持擋住。謝遜心下暗讚，左掌一起，往張翠山頭頂擊落。張翠山左臂稍曲，以一招「橫架金樑」擋住。武當派的武功以綿密見長，於各派之中可稱韌力無雙，兩人武功雖強弱懸殊，但張翠山運起師傳心法，謝遜在一時之間倒也奈何他不得。

兩人相持片刻，張翠山汗下如雨，全身盡濕，暗暗焦急：「怎地殷姑娘還不出手？他此刻全力攻我，殷姑娘若以銀針射他穴道，就算不能得手，他也非撤手防備不可，只須氣息一閃，立時會中我掌力受傷。」

這一節謝遜也早想到，本來預計張翠山在他雙掌齊擊之下登時便會重傷，那知他年紀輕輕，內功造詣竟自不凡，支持到一盞茶時分居然還能不屈。兩人比拚掌力，同時都注視著殷素素的動靜。張翠山氣凝於胸，不敢吐氣開聲。謝遜卻漫不在乎，說道：「小姑娘，你還是別動手動腳的好，否則我改掌爲拳，猛舂下來，你心上人全身筋脈盡皆震斷。」

殷素素道：「謝前輩，我們跟著你便是，請你撤了掌力罷。」謝遜道：「張相公，你怎麼說？」張翠山焦急異常，心中只叫：「發銀針，發銀針，這稍縱即逝的良機，怎地不抓住了？」殷素素急道：「謝前輩快撤掌力，小心我跟你拚命！」

謝遜其實也忌憚殷素素忽地以銀針偷襲，船艙中地位既窄，銀針又必細小，黑暗中射出來時只怕無影無蹤，無聲無息，還眞的不易抵擋，倘若立時發出凌厲拳力，將張翠山打死，卻又不願，心想：「這小姑娘震於我的威勢，不敢貿然出手，否則處此情景之下，只怕要鬧個三敗俱傷。」便道：「你們若不起異心，我自可饒了你們性命。」殷素素道：「我本就沒起異心。」謝遜道：「你代他立個誓罷。」殷素素微一沉吟，說道：「張五哥，咱們不是謝前輩敵手，就陪著他在荒島上住個一年半載。以他的聰明智慧，要想通屠龍寶刀中的秘密決非難事，我就代你立個誓罷！」

張翠山心道：「立甚麼鬼誓？快發銀針，快發銀針！」卻苦於這句話說不出口，黑暗中又沒法打手勢示意，何況雙手爲敵掌牽住，根本就打不來手勢。

殷素素聽張翠山始終默不作聲，便道：「我殷素素和張翠山決意隨伴謝前輩居住荒島，直至發現屠龍刀中秘密爲止。我二人若起異心，死於刀劍之下。」

謝遜笑道：「咱們學武之人，死於刀劍之下有甚麼希奇？」

殷素素一咬牙，道：「好，教我活不到二十歲！」謝遜哈哈一笑，撤了掌刀。

張翠山全身脫力，委頓在艙板之上。殷素素忙晃亮火摺，點燃了油燈，見他臉如金紙，呼吸細微，心中大急，忙從懷中掏出手帕，給他抹去滿頭滿臉的大汗。

謝遜笑道：「武當子弟，果然名不虛傳，好生了得。」

張翠山一直怪殷素素失誤良機，沒發射銀針襲敵，但見她淚光瑩瑩，滿臉憂急之狀，確是發乎至情，不由得心中感激，嘆了一口長氣，待要說幾句安慰她的話，忽地眼前一黑，迷迷糊糊中只聽殷素素大叫：「姓謝的，你累死了張五哥，我跟你拚命！」謝遜卻哈哈大笑。

突然之間，張翠山身子一側，滾了幾個轉身，但聽得謝遜、殷素素同時高聲大叫，呼喝聲中又夾著疾風呼嘯，波浪轟擊之聲，似乎千百個巨浪同時襲到。

張翠山只感全身忽涼，口中鼻中全是鹽水，他本來昏昏沉沉，給冷水一沖，登時便清醒了，第一個念頭便是：「難道船沉了？」他不識水性，心下慌亂，當即掙扎著站起。腳底下艙板斗然間向左側去，船中的海水又向外倒瀉，但聽得狂風呼嘯，身周盡是海水。他尚未明白是怎麼一回事，猛聽得謝遜喝道：「張翠山，快到後梢去掌住了舵！」這一喝聲如雷霆，雖在狂風巨浪之中，仍充滿著說不出的威嚴。張翠山不假思索，縱到後梢，只見黑影晃動，一名舟子給巨浪沖出船外，遠遠飛出數丈，迅即沒入了波濤。

張翠山還沒走到舵邊，又一個大浪頭撲將上來，這巨浪猶似一堵結實的水牆，砰的一聲大響，只打得船木橫飛。這當兒張翠山一生勤修的功夫顯出了功效，雙腳牢牢站在船面，竟如用鐵釘釘住一般，紋絲不動，待巨浪過去，一個箭步便竄到舵邊，伸手穩穩掌住舵把。

但聽喀喇喇、喀喇喇幾聲猛響，卻是謝遜橫過狼牙棒，將主桅和前桅擊斷。兩條桅桿帶著白帆，跌入海中。但風勢實在太大，這時雖只後帆吃風，船身還是歪斜傾側，在海面上狂舞亂跳，謝遜竭力想收下後帆，饒是他一身武功，遇上了這天地間風浪之威，卻也束手無策。那後桅側斜漸低，帆邊已碰到水面。謝遜破口大罵：「賊老天，打這鳥風！」眼見座船便要翻轉，只得提起狼牙棒，將後桅也打斷了。

三桅齊斷，這船在驚濤駭浪中成了無主游魂，只有隨風飄蕩。

張翠山大叫：「殷姑娘，你在那裏？」他連叫數聲，不聽到答應，叫到後來，喊聲中竟帶著哭音。突然間一隻手攀上他膝頭，跟著一個大浪沒過了他頭頂，在海水之中，有人緊緊抱住了他腰。待那浪頭掠過艙面，他懷中那人伸手摟住了他頭頸，柔聲道：「張五哥，你竟這般掛念我麼？」正是殷素素的聲音。張翠山大喜，右手把住了舵，伸左手緊緊反抱著她，說道：「謝天謝地！」在這每一刻都可給巨浪狂濤吞沒的生死邊緣，他忽地發覺，自己對殷素素的關懷，竟勝於計及自己的安危。殷素素道：「張五哥，咱倆死在一塊。」張翠山道：「是！素素，咱倆死活都在一塊。」

若在尋常境遇之下，兩人正邪殊途，顧慮良多，縱有愛戀相悅之情，也決不能霎時之間兩心如一。這時候兩人相擁相抱，周圍漆黑一團，船身格格格的響個不停，隨時都能碎裂，心中卻感到說不出的甜蜜喜樂。張翠山和謝遜奮力對擊，原已累得精疲力竭，但得殷素素忽施柔情激勵，立時精神大振，任那狂濤左右衝擊，竟始終將舵掌得穩穩地，絕不搖晃。船上的聾啞舟子已盡數給沖入海中，這場狂風暴雨說來就來，原來是海底突然地震，帶同海嘯，氣流激盪，惹起了一場極大風暴。若非謝遜和張翠山均身負罕有武功，如何抵擋得住？幸好那船造得份外堅固，雖船上艙蓋、甲板均遭打得破碎不堪，船身卻仍無恙。

頭頂烏雲滿天，大雨如注，四下裏波濤山立，這當兒怎還分得出東南西北？其實便算分得出方向，桅檣盡折，船隻也已沒法駕駛。

謝遜走到後梢，說道：「張兄弟，眞有你的，讓我掌舵罷。你兩個到艙裏歇歇去。」張翠山站起身來，將舵交給了他，攜住殷素素的手，剛要舉步，驀地裏一個巨浪飛到，將他兩人衝出船舷之外。這浪頭來得極其突兀，兩人全然猝不及防。

張翠山待得驚覺，已然身子凌空，這一落下去，腳底便是萬丈洪濤，百忙中左手一勾，抓住了殷素素手腕，當時心中唯有一念：「跟她一齊死在大海之中，決不分離。」他左手剛抓住殷素素手腕，右臂已爲一根繩索套住，身子忽地向後飛躍，衝浪冒水，倒退回來。原來謝遜及時發覺，拾起腳下一根帆索，捲了他二人回船。砰砰兩聲，兩人摔上甲板。這一下死裏逃生，張殷二人固大出意外，謝遜也暗叫一聲：「僥倖！」若不是腳邊恰好有這麼一根帆索，本事再大十倍也難以相救了。

張翠山扶著殷素素走進艙中，船身仍一時如上高山，片刻間似瀉深谷，二人經過適才的危難，對這一切全已置之度外。殷素素倚在張翠山懷中，湊在他耳邊說道：「張五哥，我倆若能不死，我要永遠跟著你在一起。」張翠山心情激盪，道：「我也正要跟你說這一句話，天上地下，人間海底，我倆都要在一起。」殷素素喜悅無限，跟著說道：「天上地下，人間海底，我倆都要在一起。」兩人相偎相倚，心中都反而感激這場海嘯。

謝遜心中卻不住價的叫苦，不論他武功如何高強，對這狂風駭浪卻半點法子也沒有，只有聽天由命，任憑風浪隨意擺布。

這場大海嘯直發作了兩個多時辰方始漸漸止歇。天上烏雲慢慢散開，露出星月之光。張翠山走到船梢，說道：「謝前輩，多謝你救了我二人性命。」謝遜冷冷的道：「這話不用說得太早。咱三人的性命，有九成九還在賊老天手中。」張翠山一生之中，從沒聽人在「老天」二字之上，加上個「賊」字，心想此人的憤世，實到了肆無忌憚的地步，但轉念一想，這一葉孤舟飄蕩在無邊大海之上，看來多半無倖。他剛和殷素素傾心相愛，對人世正加倍的留戀，便似剛在玉杯中啜到一滴美酒，立時便要給人奪去，「造化弄人」這四字的含意，隨著謝遜「賊老天」三字這一罵，更加深深的體會到了。

他嘆了口氣，接過謝遜手中的舵來。謝遜累了大半晚，自到艙中休息。

殷素素坐在張翠山身旁，仰頭望著天上的星辰，順著北斗的斗杓，找到了北極星，只見座船順著海流，正向北飄行，說道：「五哥，這船在不停的向北。」張翠山道：「是啊！最好能折而向西，咱們便有回歸家鄉之望。」用力將舵轉向右首，只盼船身能轉而向西，但船上片帆也無，不受控駛，只順風順流的不住往北。

殷素素出了一會神，道：「倘若這船無止無息的向東，不知會去那裏？」張翠山道：「向東是永無盡頭的大海，只須飄浮得七八天，咱們沒清水喝……」殷素素初嘗情愛滋味，如夢如醉，不願去想這些煞風景的事，說道：「曾聽人說，東海上有仙山，山上有長生不老的仙人，我們說不定便能上了仙山島，遇到美麗的男仙女仙……」抬頭望著天上的銀河，說道：「說不定這船飄啊流啊，到了銀河之中，於是我們看見牛郎織女在鵲橋上相會。」

張翠山笑道：「我們把這船送給了牛郎，他想會織女時，便可坐船渡河，不用等到一年一度的七月七日，方能相會。」殷素素道：「將船送給了牛郎，我和你要相會時，又坐甚麼啊？」張翠山微笑道：「天上地下，人間海底，咱倆都在一起。既在一起，何必渡甚麼銀河？不用坐船了。」殷素素嫣然一笑，臉上更似開了一朵笑顏之花，拿著張翠山的手，輕輕撫摸。

兩人柔情密意，充塞胸臆，似有很多話要說，卻又覺得一句話也不必說。過了良久良久，張翠山低下頭來，只見殷素素眼中淚光瑩然，臉有淒苦之色，訝道：「你想起了甚麼？」殷素素低聲道：「在人間，在海底，我或許能和你在一起。但將來你我二人死了，你會上天，我……我……卻要下地獄。」張翠山道：「胡說八道！」

殷素素嘆了口氣道：「我知道的，我這一生做的惡事太多，胡亂殺的人不計其數。」張翠山一驚，隱隱覺得她心狠手辣，實非自己佳偶，可是一來傾心已深，二來在這九死一生的汪洋中，又怎能計及日後之事？安慰她道：「以後你改過遷善，多積功德，常言道：知過能改，善莫大焉。」

殷素素默然，過了一會，忽然輕輕唱起歌來，唱的是一曲〈山坡羊〉：

「他與咱，咱與他，兩下裏多牽掛。冤家，怎能夠成就了姻緣，就死在閻王殿前，由他把那杵來舂，鋸來解，把磨來挨，放在油鍋裏去炸。唉呀由他！只見那活人受罪，哪曾見過死鬼帶枷？唉呀由他！火燒眉毛，且顧眼下。火燒眉毛，且顧眼下。」

猛聽得謝遜在艙中大聲喝采：「好曲子，好曲子，殷姑娘，你比這婆婆媽媽的張相公，可合我心意得多了。」殷素素道：「我和你都是惡人，將來都沒好下場。」

張翠山低聲道：「倘若你沒好下場，我跟你一起沒好下場。你眞要下地獄，我陪你一起下，由得他放在油鍋裏去炸！」殷素素驚喜交集，只叫得一聲：「五哥！」抱住了他頭頸。

次日天剛黎明，謝遜用狼牙棒在船邊打死了一條十來斤的大魚。狼牙棒上生有鉤刺，用以打魚，倒也甚爲方便。三人餓了一天，雖生魚甚腥，卻也吃得津津有味。船上沒了清水，擠出魚肉中的汁液，勉強也可解渴。

海流一直向北，帶著船隻日夜不停的北駛。夜晚北極星總是在船頭之前閃爍，太陽總是在右舷方升起，在左舷方落下，連續十餘日，風向水流不變，船行也始終不變。謝張二人用力轉舵，絲毫改不了船行方向。

天氣卻一天天的冷了起來，謝遜和張翠山內功深湛，還抵受得住，殷素素卻一天比一天憔悴。張謝二人都將外衣脫下來給她穿上了，仍無濟於事。張翠山見她強顏歡笑，奮勇與寒風相抗，心中說不出的難受，座船再北行數日，只怕殷素素非凍死不可。

幸得天無絕人之路，一日這船突然駛入了大羣海豹之間。謝遜用狼牙棒擊死幾頭海豹，三人剝下海豹皮披在身上，宛然是上佳皮裘，還有海豹肉可吃，三人都大爲歡暢。

這天晚上，三人聚在船梢上聊天。殷素素笑問：「世上最好的禽獸是甚麼東西？」三人齊聲笑道：「海豹！」便在此時，只聽得叮咚、叮咚數聲，清脆動聽。

三人一呆，謝遜臉色大變，說道：「浮冰！」伸狼牙棒到海中去撩了幾下，果然碰到一些堅硬的碎冰。這一來，三人的心情立時也如寒冰，都知這船日夜不停的向北駛去，越北越冷，此刻海中出現小小碎冰，日後勢必滿海是冰，待座船凍結，移動不得，便是三人畢命之時了。

張翠山道：「《莊子•逍遙遊》篇有句話說：『窮髮之北有冥海者，天池也。』咱們定是到了天池中啦。」謝遜道：「這不是天池，是冥海。冥海者，死海也。」張翠山與殷素素相對苦笑。但既有浮冰，便有清水，倒解了一件燃眉之急。

這一晚三人只聽著叮咚、叮咚，冰塊相互撞擊的聲音，一夜不寐。

次日上午，海上冰塊已有碗口大小，撞在船上，啪啪作響。謝遜苦笑道：「我痴心妄想，要查究這屠龍寶刀中所藏的秘密，想不到來冰海，作冰人，當眞名副其實，作了你兩位的冰人。」殷素素臉上一紅，伸手去握住了張翠山的手。三人這些日子來同舟共濟，生死與共，相互間情誼自生，已不像初時那樣的生死敵對。

謝遜提起屠龍刀，恨恨的道：「還是讓你到龍宮中去，屠你媽的龍去罷！」揚手便要將刀投入大海，但甫要脫手之際，嘆了口長氣，終於又把寶刀放入船艙。

再向北行了四天，滿海浮冰或如桌面，或如小屋，三人已知定然無倖，索性不再想生死之事。當晚睡到半夜，忽聽得轟的一聲巨響，船身劇烈震動。

謝遜叫道：「好得很，妙得很！撞上冰山啦！」

張翠山和殷素素相視苦笑，隨即張臂摟在一起，只覺腳底下冰冷的海水漸漸浸上小腿，顯是船底已破。只聽得謝遜叫道：「跳上冰山去，多活一天半日也是好的。賊老天要我早死，老子偏偏跟他作對。」

張殷二人躍到船頭，眼前銀光閃爍，一座大冰山在月光下發出青紫色光芒，顯得又奇麗，又可怖。謝遜已站在冰山之側的一塊稜角上，伸出狼牙棒相接。殷素素伸手在棒上一搭，和張翠山一齊躍上冰山。

船底撞破的洞孔甚大，只一頓飯時分，座船便已沉得無影無蹤。

謝遜將兩塊海豹皮墊在冰山之上，三人並肩坐下。這座冰山有陸地上一個小山丘大小，一眼望去，橫廣二十餘丈，縱長八九丈，比原來的座船寬敞得多了，謝遜仰天淸嘯，說道：「在船上氣悶得緊，正好在這裏舒舒筋骨。」站起來在冰山上走來走去，竟有悠然自得之意。冰山雖然滑溜，但謝遜足步沉穩，便如在平地上行走一般。

冰山順著風勢水流，仍不停向北飄流。謝遜笑道：「賊老天送了一艘大船給咱們，迎接咱三人去會一會北極仙翁。」殷素素似乎只須情郎在旁，便已心滿意足，就天塌下來也全不縈懷。三人之中，只張翠山皺起了眉頭，爲這眼前的厄運苦苦發愁。

冰山又向北飄浮了七八日。白天銀冰反射陽光，炙得三人皮膚也焦了，眼目更紅腫發痛。於是三人每到白天，便以海豹皮蒙頭而睡，到晚上才起身捕魚，獵取海豹，鑿冰解渴。說也奇怪，越往北行，白天越長，到後來每天幾乎有十個多時辰是白晝，黑夜卻一晃即過。

張翠山和殷素素身子疲困，面目憔悴，謝遜卻神情日漸反常，眼睛中射出異樣光芒，常自指手劃腳的對天咒罵，胸中怨毒，竟似不可抑制。

一日晚間，張翠山正擁著海豹皮倚冰而臥，睡夢中忽聽得殷素素大聲尖叫：「放開我，放開我！」張翠山急躍而起，在冰山的閃光之下，只見謝遜雙手抱住了殷素素肩頭，口中荷荷而呼，發聲有似野獸。張翠山這幾日見到謝遜的神情古怪，早便在暗暗擔心，卻沒想到他竟會去侵犯殷素素，不禁驚怒交集，縱身上前，喝道：「快放手！」

謝遜陰森森的道：「你這奸賊，你殺了我妻子，好，我今日也扼死你妻子！」說著左手扠到殷素素咽喉之中。殷素素「啊」的一聲，叫了起來。

張翠山驚道：「我不是你仇人，沒殺你妻子。謝前輩，你清醒些。我是張翠山，武當派張翠山，不是你仇人。」謝遜一呆，叫道：「這女人是誰？是不是你老婆？」張翠山見他緊緊抓住殷素素，心中大急，說道：「她是殷姑娘，謝前輩，她不是你仇人的妻子！」謝遜狂叫：「管她是誰。我妻子給人害死了，我母親給人害死了，我要殺盡天下的女人！」說著左手使勁，殷素素登時呼吸艱難，一聲也叫不出了。

張翠山見謝遜突然發瘋，已屬無可理喻，當下氣凝右臂，奮力揮掌往他後心拍去。謝遜左掌迴過，還了一掌。張翠山身子一晃，冰山上太過滑溜，一交滑倒。謝遜飛起右足，便往他腰間踢去。張翠山變招也快，手一撐，躍起身來，伸指便點他膝蓋裏穴道。謝遜不等這一腳的招式使老，半途縮回，右掌往他頭頂拍落。

殷素素斜轉身子，左手倏出，往謝遜頭頂斬落。謝遜毫不理會，只使足掌力，向張翠山腦門拍去。張翠山雙掌翻起，接了他這一掌，霎時之間，胸口塞悶。殷素素這一下斬中在謝遜後頸，只感又韌又硬，登時彈將出來，掌緣反而隱隱生疼。但見謝遜雙目血紅，如要噴出火來，一隻大手又向自己喉頭扠來，忍不住大聲尖叫。

便在此時，眼前陡亮，北方映出一片奇異莫可名狀的光彩，無數奇麗絕倫的光色，在黑暗中忽伸忽縮，大片橙黃之中夾著絲絲淡紫，忽而紫色漸深漸長，紫色之中，迸射出一條條金光、藍光、綠光、紅光。謝遜忽地吃驚，「咦」的一聲，鬆手放開了殷素素。張翠山也覺得手掌上的壓力陡然減輕。

謝遜背負雙手，走到冰山北側，凝目望著這片變幻的光彩。原來他三人順水飄流，此時已近北極，這片光彩，便是北極奇景的北極光。中國當時從來無人得見。

張翠山挽住殷素素，兩人心中兀自怦怦亂跳。

這一晚謝遜凝望北極奇光，不再有何動靜。次晨光彩漸隱，謝遜也已清醒，不知是否忘記了昨晚自己曾經發狂，言語舉止，甚是溫文。

張翠山與殷素素均想：「他父母妻子都是給人害死的，也難怪他傷心。卻不知他仇人是誰？」生怕引動他瘋病再發，自不敢提及一字。

如此過了數日，冰山不住北去。謝遜對老天爺的咒罵又漸增狂暴，偶然之間，眼光中又閃耀出野獸般的神色。張翠山和殷素素雖互相不提，但兩人均暗自戒備，生怕他又突然間狂性大發。

這一天血紅的太陽停在西邊海面，良久良久，始終不沉下海去。謝遜突然躍起，指著太陽大聲罵道：「連你太陽也來欺侮我，賊太陽，鬼太陽，我如有硬弓長箭，一箭射你個對穿！」突然伸手在冰山上一擊，拍下拳頭大的一塊冰，用力向太陽擲去。冰塊遠遠飛出二十來丈，落入海中。張翠山和殷素素心下駭然，均想：「這人好大的膂力，我只怕一半的路程也擲不到。」

謝遜擲了一塊，又是一塊，直擲到七十餘塊，勁力始終不衰。他見擲來擲去，跟太陽總是不知相距多遠，暴跳如雷，伸足在冰山上亂踢，只踢得冰屑紛飛。

殷素素勸道：「謝前輩，你歇歇罷，別理會這鬼太陽了。」

謝遜回過頭來，眼中全是血絲，呆呆的望著她。殷素素暗自心驚，勉強微微一笑。謝遜突然大叫一聲，跳上來一把將她抱住，叫道：「擠死你，擠死你！你爲甚麼殺死我媽媽，殺死我孩兒？」殷素素身上猶似套上了一個鐵箍，而這鐵箍還在不斷收緊。

張翠山忙伸手去扳謝遜手臂，卻那裏扳得動分毫？眼見殷素素舌頭伸出，立時便要斷氣，只得呼的一拳，擊在他背心正中的「神道穴」上。那知這一拳擊下，如中鐵石，謝遜如野獸般荷荷而吼，雙臂卻抱得更加緊了。張翠山叫道：「你再不放手，我用兵刃了！」但見他毫不理會，當即抽出判官筆，在他左手臂彎「小海穴」上重重一點。謝遜倏地回過右手，搶過判官筆，遠遠擲入了海中。

殷素素但覺箍在身上的鐵臂微鬆，忙矮身脫出了他懷抱。謝遜左掌斜削，逕擊張翠山項頸，右手卻往殷素素肩頭抓去。嗤的一響，殷素素裹在身上的海豹皮給他五指硬生生的扯下一塊。張翠山知道自己倘若閃避，殷素素非再給他擒住不可，當即使一招綿掌中的「自在飛花」，想要卸去他掌力，豈知手掌和他掌緣只微微沾上，登時感到一股極大黏力，再也縮不回轉，只得鼓起內勁，與之相抗。

謝遜一掌制住張翠山後，拖著他身子，逕自向殷素素撲去。殷素素縱身躍開，她雙足尚未落地，謝遜往冰上踢去，七八粒小冰塊激飛而至，都打在她右腿之上。殷素素叫聲：「啊喲！」橫身摔倒。

謝遜突然發出掌力，將張翠山彈出數丈。這一下彈力極勁，張翠山落下時已在冰山邊緣，冰上滑溜，他右足稍稍一點，撲通一聲，摔入了海中。

張翠山忙抱住殷素素打了幾個滾，迅即避開，但聽得砰嘭聲響，謝遜揮動狼牙棒打擊冰山，隨即抛下狼牙棒，雙手捧起一塊大冰，向張殷二人擲來。

七　誰送冰舸來仙鄉

張翠山左手銀鉤揮出，鉤住了冰山，借勢躍回，心想殷素素勢必又落入謝遜掌中，不料冷冷的月光之下，但見謝遜雙手按住眼睛，發出痛苦之聲，殷素素卻躺在冰上。

張翠山急忙縱上扶起。殷素素低聲道：「我……我打中了他眼睛……」一句話沒說完，謝遜虎吼一聲，撲了過來。張翠山抱住殷素素打了幾個滾，迅即避開，但聽得砰嘭、砰嘭幾聲大響，謝遜揮舞狼牙棒猛力打擊冰山。他隨即抛下狼牙棒，雙手捧起一大塊百餘斤重的冰塊，側頭聽了聽聲音，向張殷二人擲來。

殷素素待要躍起躲閃，張翠山一按她背心，兩人都藏身在冰山的凹處，大氣也不敢透一下。但見謝遜擲出冰塊後，側頭不動，顯是在找尋二人藏身之所。張翠山見他雙目中各流出一縷鮮血，知道殷素素在危急之中終於射出了銀針，而謝遜在神智昏迷下竟爾未加提防，雙目中針，成了盲人。但他聽覺仍十分靈敏，只要稍有聲息，給他撲了過來，後果難以設想，幸好海上既有浪濤，海風又響，再夾著冰塊相互撞擊的噹噹嘭嘭之聲，將兩人的呼吸聲都掩沒了，否則決計逃不脫他毒手。

謝遜聽了半晌，在風濤冰撞的巨聲中始終查不到兩人所在，但覺雙目劇痛，眼前一片無邊無際的黑暗，狂怒之中又加上驚懼，驀地大聲呼叫，在冰山上一陣亂拍亂擊，抓起冰塊四下亂擲，只聽得啪啪之聲，響不絕耳。張翠山和殷素素相互摟住，都已嚇得面無人色，無數大冰塊在頭頂呼呼飛過，只須碰到一塊，便即喪命。

謝遜這一陣亂跳亂擲，約莫有小半個時辰，張翠山二人卻如挨了幾年一般。

謝遜擲冰無效，忽然住手停擲，說道：「張相公，殷姑娘，適才我一時胡塗，狂性發作，致有冒犯，務請二位不可見怪。」這幾句話說得謙和有禮，回復了平時的神態。他說過之後，坐在冰上，靜待二人答話。

張翠山和殷素素當此情境，那敢貿然接口？謝遜說了幾遍，聽二人始終不答，站起身來，嘆了口氣，說道：「兩位既不肯見諒，那也無法。」說著深深吸了口氣。張翠山猛地驚覺，當日他在王盤山島上縱聲長嘯，震倒衆人，發嘯之前也是這麼深深的吸一口氣。他雙眼雖盲，嘯聲摧敵卻絕無分別。這時危機霎息即臨，要撕下衣襟塞住耳朵，已然遲了，當下不及細想，抱住殷素素便溜入了海中。

殷素素尚未明白，謝遜嘯聲已發。張翠山抱著她急沉而下，寒冷徹骨的海水浸過頭頂，也淹住了雙耳。張翠山左手扳住鉤在冰山上的銀鉤，右手摟住殷素素，除了他一隻左手之外，兩人身子全部沒入水底，但仍隱隱感到謝遜嘯聲的威力。冰山不停向北移動，帶著他二人在水底潛行。張翠山暗自慶幸，倘若適才失去的不是鐵筆而是銀鉤，就算逃得過他的嘯聲，也必在大海之中淹死了。

過了良久，二人伸嘴探出海面，換一口氣，雙耳卻仍浸在水中，直換了六七口氣，謝遜的嘯聲方止。他這番長嘯，消耗內力甚巨，一時也感疲憊，顧不得來察看殷張二人的死活，坐在冰塊上暗自調勻內息。張翠山打個手勢，兩人悄悄爬上冰山，從海豹皮上扯下絨毛，緊緊塞在耳中，總算暫且逃過了劫難。

可是跟他共處冰山，只要發出半點聲息，立時便有大禍臨頭。兩人愁顏相對，眼望西天，血紅的夕陽仍未落入海面。兩人不知地近北極，天時大變，這些地方半年中白日不盡，另外半年卻長夜漫漫，但覺種種怪異，宛似到了世界盡頭。

殷素素全身濕透，奇寒攻心，忍不住打戰，牙關相擊輕輕的得得幾聲，謝遜已然聽得。他縱聲大吼，提起狼牙棒直擊下來。張殷二人早有防備，急忙躍開閃避，但聽得砰然大響，巨棒打上冰山，擊下七八塊斗大冰塊，飛入海中，這一擊少說也有六七百斤力道。二人相顧駭然，但見謝遜舞動狼牙棒，閃起銀光千道，直逼過來。他這狼牙棒棒身本有一丈多長，這一舞動，威力及於四五丈遠近，二人縱躍再快，也決計逃避不掉，只有不住的向後倒退，退得幾下，已到了冰山邊緣。

殷素素驚叫：「啊喲！」張翠山拉著她手臂，雙足使勁，躍向海中。他二人身在半空，只聽得砰嘭猛響，冰屑濺擊到背上，隱隱生痛。張翠山跳出時已看準了一塊桌面大的冰塊，左手銀鉤揮出，搭了上去。謝遜聽得二人落海的聲音，用狼牙棒敲下冰塊，不住擲來。但他雙目已盲，張殷二人在海中又繼續飄動，第一塊落空，此後再也投擲不中了。

冰山浮在海面上的只是全山的極小部分，水底下尚隱有巨大冰體，但張殷二人附身其上的冰塊卻是謝遜從冰山上所擊裂，不過是一塊大冰而已，還不到大冰山千份中的一份，因此在水流中漂浮甚速，和謝遜所處的冰山越離越遠，到得天將黑時，回頭遙望，謝遜的身子已成了一個小黑點，那大冰山卻兀自閃閃發光。

二人攀著這塊大冰，只幸得不沉而已，但身子浸在海水之中，如何能支持長久？幸好一路向北，不久便見到前面又有座小小冰山，兩人待得飄近，攀了上去。

張翠山道：「若說是天無絕人之路，偏又叫咱們吃這許多苦。你身子怎樣？」殷素素道：「可惜沒來得及帶些海豹肉來。你沒受傷罷？」兩人自管你言我語，卻不知對方說些甚麼，一怔之下，忙從耳中取出海豹絨毛，原來兩人顧著逃命，忘了耳中塞得有物。

兩人得脫大難，柔情更增。張翠山道：「素素，咱倆便死在這冰山之上，也就永不分離的了。」殷素素忽問：「五哥，我有句話問你，你可不許騙我。倘若咱們是在陸地之上，沒經過這一切危難，倘若我也是這般一心一意要嫁你，你也仍然要我麼？」

張翠山呆了呆，道：「我想咱們不會好得這麼快，而且……定會有很多阻礙波折，咱們門派不同……」殷素素嘆道：「我也這麼想。因此那日你第一次跟謝遜比拚掌力，我幾次想發銀針助你，但始終沒出手。我身上帶著佩劍，也決不想在他背心刺上一劍。」張翠山奇道：「是啊，那爲甚麼？我總當你在黑暗中瞧不清楚，怕誤傷了我。」殷素素低聲道：「不是的。假如那時我傷了他，咱二人逃回陸地，你便不願跟我在一起了。」

張翠山胸口一熱，叫道：「素素！」

殷素素道：「或許你心中會怪我，但那時我只盼跟你在一起，去一個沒人的荒島，長相聚會。謝遜逼咱二人同行，正合我的心意。」張翠山想不到她對自己相愛竟如是之深，心中感激，柔聲道：「我決不怪你，反而多謝你對我這麼好。」

殷素素偎依在他懷中，仰起了臉，望著他的眼睛，說道：「老天爺送我到這寒冰地獄中來，我是一點也不怨，只有歡喜。我只盼這冰山不要回南，嗯，倘若有朝一日咱們終於能回去中原，你師父定會憎厭我，我爹爹說不定要殺你……」

張翠山道：「你爹爹？」殷素素道：「我爹爹白眉鷹王殷天正，便是天鷹教的創教教主。」張翠山道：「啊，原來如此。不要緊，我說過跟你在一起。你爹爹再兇，也不能殺了他的親女婿啊。」殷素素雙眼發光，臉上起了一層紅暈，問道：「你這話可是眞心？」語音中頗有些躭心。

張翠山道：「我倆此刻便結爲夫婦。」

當下兩人一齊在冰山之上跪下。張翠山朗聲道：「皇天在上，弟子張翠山今日和殷素素結爲夫婦，禍福與共，始終不負。」殷素素虔心禱祝：「老天爺保祐，願我二人生生世世，永爲夫婦。」她頓了一頓，又道：「日後若得重回中原，小女子殷素素洗心革面，痛改前非，隨我夫君行善，救人苦難，努力補過，決不敢再妄殺一人。若違此誓，我夫君就不要我了。」張翠山大喜，沒想到她竟會發此誓言，當即伸臂抱住了她。兩人雖遭海水浸得全身皆濕，但心中暖烘烘的如沐春風。

過了良久，兩人才想起一日沒飲食。張翠山提銀鉤守在冰山邊緣，見有游魚游上水面，一鉤而上。這一帶的海魚爲抗寒冷，特別的肉厚多脂，雖生食甚腥，但吃了大增力氣。

兩人在這冰山之上，明知回歸無望，倒也無憂無慮。其時白日極長而黑夜奇短，大反尋常，已沒法計算日子，也不知太陽在海面中已升沉幾回。

一日，殷素素忽見到正北方一縷黑煙沖天而起，登時嚇得臉都白了，叫道：「五哥！」伸手指著黑煙。張翠山又驚又喜，叫道：「難道這地方竟有人煙？」

雖然望見黑煙，其實相距甚遠，冰山整整飄了一日，仍未飄近，但見黑煙上沖越來越高，到後來竟隱隱見到煙中夾有火光。殷素素問道：「那是甚麼？」張翠山搖頭不答。殷素素顫聲道：「咱倆的日子到頭啦！這……這是地獄門。」

張翠山也早已大爲吃驚，安慰她道：「說不定那邊住得有人，正在放火燒山。」殷素素道：「燒山的火頭那有這麼高？」張翠山嘆了口氣道：「既然到了這古怪地方，一切只有聽從老天爺安排。老天爺既不讓咱倆凍死，卻要咱倆在大火中燒死，也只得由他。如你要入地獄，我也陪你入地獄，任他在鐵鑊中炒，油鍋裏煎！」

說也奇怪，兩人處身其上的冰山，果是對準了那大火柱緩緩飄去。當時張殷二人不明其中之理，只道冥冥中自有安排，是禍是福，一切命該如此。卻不知那火柱乃北極附近的一座活火山，火燄噴射，燒得山旁海水暖了。熱水南流，自然吸引南邊的冰水過去補充，因此帶著那冰山漸漸移近。

這冰山又飄了一日一夜，終於到了火山腳下，但見那火柱周圍一片青綠，竟是一個極大的島嶼。島嶼西部都是尖石嶙峋的山峯，奇形怪樣，莫可名狀。張翠山和殷素素走過不少地方，卻從未見過火山，自不知這些山峯均是火山的熔漿千萬年來所堆積。島東卻是一片望不到盡頭的平野，乃火山灰逐年傾入海中堆起。該處雖地近北極，但因火山萬年不滅，島上氣候便和長白山一帶相似，高山峭峯玄冰白雪，平原曠野卻極目青綠，蒼松翠柏，高大異常，更有諸般奇花異樹，皆為中土所無。

殷素素望了半晌，突然躍起，雙手抱住了張翠山的脖子叫道：「五哥，咱倆是到了仙山啦！」張翠山心中也喜樂充盈，迷迷糊糊的說不出話來。但見平野上一羣梅花鹿正低頭吃草，極目四望，除了火山有些駭人之外，周圍一片平靜，絕無可怖之處。

但冰山飄到島旁，給暖水一沖，又向外飄浮。殷素素急叫：「糟糕，糟糕！仙人島又去不了啦！」張翠山見情勢不妙，倘若不上此島，這冰山再向別處飄流，不知何時方休？情急中鉤掌齊施，吧吧吧一陣響，打下一大塊冰來。兩人張手抱住，撲通一聲，跳入了海中，手腳划動，終於爬上了陸地。

那羣梅花鹿見有人來，睜著圓圓的眼珠相望，顯得十分好奇，卻殊無驚怕之意。殷素素慢慢走近，伸手在一頭梅花鹿的背上撫摸了幾下，說道：「要是再有幾隻仙鶴，我說這便是南極仙境了。」突然間足下一晃，摔倒在地。張翠山驚叫：「素素！」搶過去欲扶時，腳下也是一個踉蹌，站立不穩。

只聽得隆隆聲響，地面搖動，卻是火山又在噴火。兩人在大海中飄浮了數十日，波浪起伏，晝夜不休，這時到了陸地，腳下反而虛浮，地面突然晃動，竟致同時摔倒。

兩人一驚之下，見別無異狀，這才嘻嘻哈哈的站起身來。當日疲累已極，兩人便在這平原之上，大睡了四個多時辰。醒來時太陽仍未下山，張翠山道：「咱們四下裏瞧瞧，且看有無人居，有無毒蟲猛獸。」殷素素道：「你只須瞧這羣梅花鹿如此馴善，這仙人島上定然太平得緊。」張翠山笑道：「但願如此。可是咱們也得去拜謁一下仙人啊。」

殷素素當身在冰山之時，仍儘量保持容顏修飭，衣衫整齊，這時到了島上，更細心的整理衣衫，又給張翠山理了理頭髮，這才出發尋幽探勝。她手提長劍。張翠山失了鐵筆，折了一根堅硬的樹枝代替。兩人展開輕身功夫，自南至北的快跑了十來里路，此時竟有大片土地可供奔馳，實是說不出的快活。沿途除了低丘高樹，盡是青草奇花。草叢之中，偶而驚起一些叫不出名目的大鳥小獸，看來也皆無害於人。遠處火紅的熔岩向西流動，該地樹木花草盡皆燒焦，看來十分厲害，便遠遠避開。

兩人轉過一大片樹林，只見東北角上一座石山，山腳下露出個石洞。殷素素叫道：「這地方妙得緊啊！」搶先奔去。張翠山道：「小心！」一言未畢，只聽得嗬的一聲，白影閃動，洞中衝出一頭大白熊來。那熊毛長身巨，比大牯牛還大得多。

殷素素猛吃一驚，急忙後躍。白熊人立起來，提起巨掌，往殷素素頭頂拍落。殷素素彎過長劍，往白熊肩頭削去，可是她在海上漂流久了，身子虛弱，出手無力，這一劍雖削中了熊肩，卻只輕傷皮肉，待得第二招迴劍掠去，白熊縱身撲上，啪的一響，將長劍打落在地。張翠山急叫：「素素退開！」躍上去樹幹橫掃，正打在白熊左前足的膝蓋之處，使力極勁。喀喇一響，樹幹折爲兩截，白熊的左足卻也折斷了。白熊受此重傷，只痛得大聲吼叫，聲震山谷，猛向張翠山撲來。

張翠山雙足一點，使出「梯雲縱」輕功，縱起丈餘，使一招「爭」字訣中的一下直鉤，銀鉤在半空中疾揮而下，正中白熊太陽穴。這一招勁力甚大，銀鉤鉤入數寸。那白熊驚天動地般大吼一聲，拖得張翠山銀鉤脫手，在地下翻了幾個轉身，仰天而斃。

殷素素拍手讚道：「好輕功，好鉤法！」俯身拾起長劍，猛聽得張翠山叫道：「快跳過來！」殷素素聽他呼聲中頗有驚惶之意，不暇詢問，向前一竄，直撲到他懷裏，回過頭來，不禁「啊」的一聲驚呼。原來她身後又站著一頭大白熊，張牙舞爪，作勢欲撲，模樣猙獰可怖。

張翠山手中沒了兵刃，忙拉了殷素素躍上一株大松樹。那白熊在樹下團團轉動，不時仰頭吼叫。張翠山折下了一根松枝，對準白熊的右眼甩了下去，波的一聲輕響，樹枝入眼。那熊痛得大叫，便欲撲上樹來。張翠山從殷素素手中接過長劍，對準熊頭，運勁摔落。噗的一聲，長劍沒入了大半，那熊慢慢軟倒，死在樹下。

張翠山道：「不知洞中還有熊沒有？」撿起幾塊石頭投進洞內，過了一會，不見動靜，於是當先進洞。殷素素緊跟在後。但見山洞寬敞，縱深八九丈，岩有縫隙，透入一線天光，宛似天窗。洞中有不少白熊殘餘食物，魚肉魚骨，甚爲腥臭。殷素素掩鼻道：「此間好卻是好，便是太臭。」張翠山道：「只須日日掃洗，十天半月便不臭了。」殷素素想起從此要和他在這島上長相廝守，歲月無盡，以迄老死，心中又歡喜，又淒涼。

張翠山出洞來折下樹枝，紮成一把大掃帚，將洞中穢物清掃出去。殷素素也幫著收拾。待得打掃乾淨，穢氣仍是不除。殷素素道：「附近若有溪水沖洗一番便好了。海水雖多，可惜沒盛水的提桶。」張翠山道：「我有法子。」到山陰寒冷處搬了幾塊大冰，放在洞中的高岩上。殷素素拍掌叫道：「好主意！」冰塊慢慢融化成水，流出洞去，便似以水沖洗一般，只十分緩慢而已。

張翠山在洞中清洗。殷素素用長劍剝切兩頭白熊，割成條塊。當地雖有火山，但究在極北，仍十分寒冷，熊肉旁放以冰塊，看來累月不腐。殷素素嘆道：「人心苦不足，既得隴，又望蜀，咱們若有火種，燒烤一隻熊掌吃吃，那可有多美。」又道：「只怕洞中的冰塊老是不融，沖不去腥臭。」張翠山望著火山口噴出來的火燄，道：「火是有的，就可惜火太大了，慢慢想個法兒，總能取它過來。」

當晚兩人飽餐一頓熊腦，便在樹上安睡。睡夢中仍如身處大海中的冰山之上，隨著波浪起伏顛簸，其實卻是風動樹枝。

次日殷素素還沒睜開眼來，便說：「好香，好香！」翻身下樹，但覺陣陣清香，從樹下一大叢不知名的花朵上傳出。殷素素喜道：「洞前有這許多香花，那可眞妙極了。」張翠山道：「素素，你且慢高興，有一件事跟你說。」殷素素見他臉色鄭重，不禁一怔，道：「甚麼？」張翠山道：「我想出了取火的法子。」殷素素笑道：「啊，你這壞蛋，我還道是甚麼不好的事呢。甚麼法子？快說，快說！」

張翠山道：「火山口火燄太大，沒法走近，只怕走到數十丈外，人已烤焦了。咱們用樹皮搓一條長繩，晒得乾了，然後……」殷素素拍手道：「好法子！好法子！然後繩上縛一塊石子，向火山口拋去，火燄燒著繩子，便引了下來。」

兩人生食已久，急欲得火，當下說做便做，以整整兩天時光，搓了一條百餘丈長的繩子，又晒了一天，第四日便向火山口進發。火山口望去不遠，走起來卻有四十餘里。兩人越走越熱，先脫去海豹皮的皮裘，到後來只穿單衫也有些頂受不住，又行里許，兩人口乾舌燥，遍身大汗，身旁已無一株樹木花草，盡是光禿禿、黃焦焦的岩石。

張翠山肩上負著長繩，瞥眼見殷素素幾根長髮的髮腳因受熱而鬈曲起來，心下憐惜，說道：「你在這裏等我，待我獨自上去罷。」殷素素嗔道：「你再說這些話，我不理你啦！最多咱們沒火種，一輩子吃生肉，又有甚麼大不了？」張翠山微微一笑。

又走里許，兩人都已氣喘如牛。張翠山雖內功精湛，也已給蒸得金星亂冒，腦中嗡嗡作聲，說道：「好，咱們便在這裏將繩子擲了上去，倘若接不上火種，那就……那就……」殷素素笑道：「那就是老天爺叫咱倆做一對茹毛飲血的野人夫妻……」說到這裏，身子晃動，險些暈倒，忙抓住張翠山肩頭，這才站穩。張翠山從地下撿起一塊石子，縛在長繩一端，提氣向前奔出數丈，喝一聲：「去！」使力擲出。

但見石去如矢，將長繩拉得筆直，遠遠的落了下去。可是數十丈外雖比張殷二人立足處又熱了好多，仍距火山口尚遠，未必便能點燃繩端。兩人等了良久，只熱得眼中如要爆出火來，那長繩卻連靑煙也沒冒出半點。張翠山嘆了口氣，說道：「古人鑽木取火，擊石取火，都是有的，咱們回去慢慢再試罷！這個擲繩取火的法子可不管用。」

殷素素道：「這法子雖然不行，但繩子已烤得乾透。咱們找幾塊火石，用劍來打火試試。」張翠山道：「也說得是。」拉回長繩，解鬆繩頭，劈成細絲。火山附近遍地燧石，拾過一塊燧石，平劍擊打，登時爆出幾星火花，飛上了繩絲，試到十來次時，終於點著了火。兩人喜得相擁大叫。那烤焦的長繩便是現成火炬，兩人各持一根火炬，喜氣洋洋的回到熊洞。殷素素堆積柴草，生起火來。

既有火種，一切全好辦了，融冰成水，烤肉爲炙。兩人自船破以來，從未吃過一頓熱食，這時第一口咬到脂香四溢的熊肉時，眞是險些連自己的舌頭也吞下肚去了。

當晚熊洞之中，花香流動，火光映壁。兩人自結成夫妻以來，至此方始眞有洞房春暖之樂。

次日淸晨，張翠山走出洞來，抬頭遠眺，正自心曠神怡，驀地裏見遠處海邊岩石之上，站著一個高大人影。

這人卻不是謝遜是誰？張翠山這一驚當眞非同小可，實指望和殷素素經歷一番大難之後，在島上便此安居，那知又闖來了這個魔頭。霎時之間，他便如變成了石像，呆立不敢稍動。但見謝遜腳步蹣跚，搖搖晃晃的向內陸走來。顯是他眼瞎之後，沒法捕魚獵海豹，直餓到如今。他走出數丈，腳下一個踉蹌，向前摔倒，直挺挺的伏在地下。

張翠山返身入洞，殷素素嬌聲道：「五哥……你……」但見他臉色鄭重，話到口邊又忍住了。張翠山低聲道：「那姓謝的也來啦！」殷素素嚇了一跳，悄悄問道：「他瞧見你了嗎？」隨即想起謝遜眼睛已瞎，驚惶之意稍減，說道：「咱兩個亮眼之人，難道對付不了一個瞎子？」張翠山點了點頭，道：「他餓得暈了過去啦。」殷素素道：「瞧瞧去！」從衣袖上撕下四根布條，在張翠山耳中塞了兩條，自己耳中塞了兩條，右手提著長劍，左手扣了幾枚銀針，一同走出洞去。

兩人走到離謝遜七八丈處，張翠山見謝遜餓得狼狽，心下不忍，朗聲道：「謝前輩，可要吃些食物？」謝遜陡然聽到人聲，臉上露出驚喜之色，但隨即辨出是張翠山的聲音，臉上又罩了一層陰影，隔了良久，才點了點頭。張翠山回洞拿了一大塊昨晚吃剩下來的熟熊肉，說道：「請接著。」遠遠擲去。謝遜撐起身子，聽風辨物，伸手抓住，慢慢咬了一口。

張翠山見他生龍活虎般的一條大漢，竟給飢餓折磨得如此衰弱，不禁油然而起憐憫之情。殷素素心中卻是另一個念頭：「五哥也忒煞濫好人，讓他餓死了，豈不乾淨？這番救活了他，日後只怕負累無窮，說不定我兩人的性命還得送在他手下。」但想自己立過重誓，決意跟著張翠山做好人，心中雖起不必救人之念，卻不說出口來。

謝遜吃了半塊熊肉，伏在地下呼呼睡去。張翠山在他身旁升了個火堆。

謝遜直睡了一個多時辰這才醒轉，問道：「這是甚麼地方？」張殷二人守在他身旁，見他坐起開口，便各取出塞在右耳中的布條，以便聽他說些甚麼，但兩人的右手都離耳畔不過數寸，只要一見情勢不對，立即伸手塞耳，左耳中的布條卻不取出。張翠山道：「這是極北之處一個無人荒島。」謝遜「嗯」了一聲，霎時之間，心中興起了數不盡的念頭，呆了半晌，說道：「如此說來，咱們是回不去了！」張翠山道：「那得瞧老天爺的意旨了。」謝遜破口罵道：「甚麼老天爺，狗天、賊天、強盜老天！」摸索著坐在一塊石上，又咬起熊肉來，問道：「你們要拿我怎樣？」

張翠山望著殷素素，等她說話。殷素素卻打個手勢，意思說一切聽憑你的主意。

張翠山微一沉吟，朗聲道：「謝前輩，我夫妻倆……」謝遜點頭道：「嗯，成了夫妻啦。」殷素素臉上一紅，卻頗有得意之色，說道：「那是你做的媒人，須得多謝你撮合。」謝遜哼了一聲，道：「你夫妻倆怎麼樣？」張翠山道：「我們射瞎了你的眼睛，自是萬分過意不去，不過事已如此，千言萬語的致歉也是無用。既然天意要讓咱們共處孤島，說不定這輩子再也難回中土，我二人便好好的奉養你一輩子。」

謝遜點了點頭，嘆道：「那也只得如此。」張翠山道：「我夫妻倆情深義重，同生共死，前輩倘若狂病再發，害了我夫妻任誰一人，另一人決不能獨活。」謝遜道：「你要跟我說，你兩人倘若死了，我瞎了眼睛，在這荒島上也就活不成？」張翠山道：「正是！」謝遜道：「既然如此，你們左耳之中何必再塞著布片？」

張翠山和殷素素相視而笑，將左耳中的布條也都取了出來，心下卻均駭然：「此人眼睛雖瞎，耳音之靈，幾乎到了能以耳代目的地步，再加上聰明機智，料事如神。若不是在此事事希奇古怪的極北島上，他也未必須靠我二人供養。」

張翠山請謝遜爲這荒島取個名字。謝遜道：「這島上既有萬載玄冰，又有終古不滅的火窟，便稱之爲冰火島罷。」

自此三人便在冰火島上住了下來，倒也相安無事。離熊洞半里之處，另有一個較小山洞。張殷二人將之布置成爲一間居室，供謝遜居住。張殷夫婦捕魚打獵之餘，燒陶作碗，堆土爲灶，諸般日用物品，次第粗具。

謝遜也從不和兩人囉唣，只捧著那把屠龍寶刀，低頭冥思。張殷二人有時見他可憐，勸他不必再苦思刀中秘密。謝遜道：「我豈不知便尋到了刀中秘密，在這荒島之上又有何用？只無所事事，這日子卻又如何打發？」兩人聽他說得有理，也就不再相勸。

忽忽數月，有一日，夫婦倆攜手向島北漫遊，原來這島方圓極廣，延伸至北，不知盡頭，走出二十餘里，只見一片濃密的叢林，老樹參天，陰森森的遮天蔽日。張翠山有意進林一探，殷素素膽怯起來，說道：「別要林中有甚古怪，咱們回去罷。」

張翠山微覺奇怪，心想：「素素向來好事，怎地近來卻懶洋洋地，甚麼事也提不起興致？」想到此處，心中一驚，問道：「你身子好嗎？可有甚麼不舒服？」殷素素突然間滿臉通紅，低聲道：「沒甚麼。」張翠山見她神情奇特，連連追問。殷素素似笑非笑的道：「老天爺見咱們太過寂寞，再派一個人來，要讓大夥兒熱鬧熱鬧。」張翠山一怔之下，大喜過望，叫道：「你有孩子啦？」殷素素忙道：「小聲些，別讓人家聽見了。」說了這句話，忍不住噗哧一聲，笑了出來。荒林寂寂，那裏還有第三個人在？

天候嬗變，這時候日漸短而夜漸長，到後來每日只兩個多時辰是白天，氣候也轉得極其寒冷。殷素素有了身孕後甚感疲懶，但一切烹飪、縫補等務，仍勉力而行。

這一晚她十月懷胎將滿，熊洞中升了火，夫妻倆偎倚在一起閒談。殷素素道：「你說咱們生個男孩呢還是女孩？」張翠山道：「女孩像你，男孩像我，男女都很好。」殷素素道：「不，我喜歡是個男孩子。你先給他取定個名字罷！」

張翠山道：「嗯。」隔了良久，卻不言語。殷素素道：「這幾天你有甚麼心事？我瞧你心不在焉似的。」張翠山道：「沒甚麼。想是要做爸爸了，歡喜得胡裏胡塗啦！」

他這幾句話本是玩笑之言，但眉間眼角，隱隱帶有憂色。殷素素柔聲道：「五哥，你瞞著我，只有更增我憂心。你瞧出甚麼事不對了？」

張翠山嘆了口氣，道：「但願是我瞎疑心。我瞧謝前輩這幾天的神色有些不正。」殷素素「啊」的一聲，道：「我也早見到了。他臉色越來越兇狠，似乎又要發狂。」張翠山點了點頭，道：「想是他琢磨不出屠龍刀中的秘密，因此心中煩惱。」殷素素淚水盈盈，說道：「本來咱倆拚著跟他同歸於盡，那也沒甚麼。但是……但是……」

張翠山摟著她肩膀，安慰道：「你說的不錯，咱們有了孩子，不能再跟他拚命。他好好的便罷，要是行兇作惡，咱們只得將他殺了。諒他瞎著雙眼，終究奈何咱們不得。」

殷素素自從懷了孩子，突然變得仁善起來，從前做閨女時一口氣殺幾十個人也毫不在意，這時便是殺一頭野獸也覺不忍。有一次張翠山捕了一頭母鹿，一頭小鹿直跟到熊洞中來，殷素素定要他將母鹿放了，寧可大家吃些野果，挨過兩天。這時聽到張翠山說要殺了謝遜，不禁身子一顫。

她偎倚在張翠山懷　，這麼微微一顫，張翠山登時便覺察了，向著她神色溫柔的一笑，說道：「但願他不發狂。可是害人之心不可有，防人之心不可無！」殷素素道：

「不錯，倘若他眞的發起狂來，卻怎生制他？咱們給他食物時做些手腳，看能找到些甚麼毒物……不，不，他不一定會發狂的，說不定只是咱倆瞎疑心。」

張翠山道：「我有個計較。咱倆從明兒起，移到內洞去住，卻在外洞掘個深坑，上面鋪以皮毛軟泥。」殷素素道：「這法子好卻是好，不過你每日要出外打獵，倘若他在外面行兇……」張翠山道：「我一人容易逃走，只要見情勢不對，便往危崖峭壁上竄去。他瞎了雙眼，如何追得我上？」

第二日一早，張翠山便在外洞中挖掘深坑，只是沒鐵鏟鋤頭，只得揀些形狀合適的樹枝當作木扒，實是事倍功半。好在他內力渾厚，辛苦了七天，已挖了三丈來深。眼見謝遜的神氣越來越不對，時時拿著屠龍刀狂揮狂舞。張翠山加緊挖掘，預計挖到五丈深時，便在坑底周圍插上削尖的木棒。這深坑底窄口廣，他不進來侵犯殷素素便罷，只要踏進熊洞，非摔落去不可，更在坑邊堆了不少大石，只待他落入坑中，便投石砸打。

這日午後，謝遜在熊洞外數丈處徘徊不去。張翠山不敢動工，生怕他聽得響聲，起了疑心，但也不敢出外打獵，只守在洞旁，瞧著他動靜。但聽得謝遜不住口的咒罵，從老天罵起，直罵到西方佛祖，東海觀音，天上玉皇，地下閻羅，再自三皇五帝罵起，堯舜禹湯，秦皇唐宗，文則孔孟，武則關岳，不論那一個大聖賢大英雄，全給他罵了個狗血淋頭。謝遜胸中頗有才學，這一番咒罵，張翠山倒也聽得甚有興味。

突然之間，謝遜罵起武林人物來，自華陀創設五禽之戲起，少林派達摩老祖，岳武穆神拳散手，全給他罵得一文不值。可是他倒也非一味謾罵，於每家每派的缺點所在卻也確有眞知灼見，貶斥之際，往往一針見血。只聽他自唐而宋，逐步罵到了南宋末年的東邪、西毒、南帝、北丐、中神通，罵到了郭靖、黃蓉、楊過、小龍女，猛地裏罵到了武當派開山祖師張三丰。他辱罵旁人，那也罷了，這時大罵張三丰，張翠山如何不怒？正要反唇相稽，謝遜突然大吼：「張三丰不是東西，他弟子張翠山更加不是東西。他老婆傷了我眼睛，讓我揑死他老婆再說！」縱身躍起，掠過張翠山身旁，奔進熊洞。

張翠山急忙跟進，只聽得喀的聲響，謝遜已跌入坑中。可是坑底未裝尖刺，他雖摔下，並沒受傷，只出其不意，大吃了一驚。張翠山順手抓過挖土的樹枝，見謝遜從坑中竄將上來，兜頭猛擊下去。謝遜聽得風聲，左手翻轉，已抓住樹枝，便向裏奪。張翠山把揑不定，樹枝脫手。謝遜這一奪勁力好大，張翠山虎口震裂，掌心也給樹皮擦得滿是鮮血。謝遜跟著這一奪之勢，又墮入了坑底。

其時殷素素即將臨盆，已腹痛了半天，她先前見謝遜逗留洞口不去，不敢和丈夫說知此事，只怕給謝遜聽到了，他少了一層顧忌，更會及早發難。這時見情勢危急，顧不得腹痛如絞，抓起枕邊長劍向張翠山擲去。

張翠山抓住劍柄，暗想：「此人武功高我太多，他再竄上來時，我出劍劈刺，仍非給他奪去不可。」情急之下，突然想起：「他雙目已盲，所以能奪我兵刃，全仗我兵刃劈風之聲，才知我的招式去向。」見謝遜又縱躍而上，看準他竄上的來路，以劍尖對住他腦門，握劍不動。

謝遜這一縱躍，勢道極猛，正是以自己腦袋碰向劍尖，長劍不動，絕無聲息，他武功再好，又如何能知？嚓的一聲，謝遜一聲大吼，長劍已刺入額頭，深入半寸。總算他應變奇速，劍尖一碰到頂門，立即腦袋後仰，同時急使「千斤墜」功夫，落入坑底。只要他變招遲得一霎，劍尖刺進腦門，立時便即斃命。饒是如此，頭上也已重傷，血流披面，長劍插入額頭，不住顫動。

謝遜拔出長劍，撕下衣襟裹住傷口，腦中一陣暈眩，自知受傷不輕，他狂性已發，從腰間拔出屠龍刀急速舞動，護住了頂門，第三度躍上。張翠山舉起大石，對準他不住投去，卻均爲屠龍刀砸開，刀花如雪，寒光閃閃，謝遜躍出深坑，直欺過來。張翠山步步退避，心中一酸，心想今日和殷素素同時畢命，竟不能見一眼那未出世的孩兒。

謝遜防他和殷素素從自己身旁逸出，他二人出了熊洞，便沒法追趕，當下右手寶刀，左手長劍，招數大開大闔，將兩丈方圓之內盡數封住，料想張殷二人再也逃不了。

驀地裏「哇」的一聲，內洞中傳出一響嬰兒哭聲。謝遜大吃一驚，立時停步，側過了頭，傾聽嬰兒的啼哭之聲。

張翠山和殷素素情知大難臨頭，竟一眼也不再去瞧謝遜，兩對眼睛都凝視著這初生嬰兒，那是個男孩，手足不住扭動，大聲哭喊。張殷二人知道只要謝遜一刀下來，夫妻倆連著嬰兒便同時送命。二人閉嘴不語，目光竟不稍斜，暗暗感激老天，終究讓自己夫婦此生能見到嬰兒。夫妻倆這時已心滿意足，不再去想自己的命運，能得保嬰兒不死，自是最好，但明知絕無可能，因此連這個念頭也不敢多轉。

只聽得嬰兒不住哭嚷，突然之間，謝遜良知激發，狂性登去，頭腦清醒過來，想起自己全家遭害，兒子還不滿三足歲，活潑可愛，竟也難逃仇人毒手。這幾聲嬰兒啼哭，令他回憶起無數往事：夫妻間的恩愛，父子間的依戀，敵人的兇殘，無辜孩兒給敵人摔在地下成爲一團血肉模糊，自己苦心孤詣、竭盡全力，仍無法報仇，雖得了屠龍刀，刀中秘密卻總不能查明……他站著呆呆出神，一時溫顏歡笑，一時咬牙切齒。

在這一瞬之前，三人都正面臨生死關頭，但自嬰兒的第一聲啼哭起始，三個人突然都全神貫注於嬰兒身上。

謝遜忽問：「是男孩還是女孩？」張翠山道：「是個男孩。」謝遜道：「很好。剪了臍帶沒有？」張翠山道：「要剪臍帶嗎？啊，是的，是的，我倒忘了。」

謝遜倒轉長劍，將劍柄遞過。張翠山接過長劍，割斷了嬰兒的臍帶，這時方始想起，謝遜已迫近身邊，可是他竟不動手，心中奇怪，回頭望了他一眼，只見謝遜臉上充滿關切之情，竟似要插手相助一般。

殷素素聲音微弱，道：「讓我來抱。」張翠山抱起嬰兒，送入她懷裏。謝遜又道：「你有沒燒了熱水，給嬰兒洗個澡？」張翠山失聲一笑，道：「我眞胡塗啦，甚麼也沒預備，這爸爸可沒用之極。」說著便要奔出去燒水，但只邁出一步，見到謝遜鐵塔一般巨大的身形便在嬰兒之前，心下驀地一凜。謝遜卻道：「你陪著夫人孩子，我去燒水。」將屠龍刀往腰帶中一插，便奔出洞去，經過深坑時輕輕縱身躍過。

過了一陣，謝遜果眞用陶盆端了一盆熱水進來，張翠山便給嬰兒洗澡。謝遜聽得嬰兒哭聲洪亮，問道：「孩兒像媽媽呢還是像爸爸？」張翠山微笑道：「還是像媽媽多些，不大肥，是張瓜子臉。」謝遜嘆了口氣，低聲道：「但願他長大之後，多福多壽，少受苦難。」殷素素道：「謝前輩，你說孩子的長相不好麼？」謝遜道：「不是的。不過孩子像你，那就太過俊美，只怕福澤不厚，將來成人後入世，或會多遭災厄。」

張翠山笑道：「前輩想得太遠了，咱四人身處極北荒島，這孩子自也終老是鄉，哪還有甚麼重入人世之事？」殷素素急道：「不，不！咱們可以不回去，這孩子難道也讓他孤苦伶仃的一輩子留在這島上？幾十年之後，我們三人都死了，誰來伴他？他長大之後，如何娶妻生子？」她自幼稟受父性，在天鷹教中耳濡目染，所見所聞皆是殘酷惡毒之事，因而行事狠辣，習以爲常，自與張翠山結成夫婦，逐步向善，這一日做了母親，心中慈愛沛然而生，竟全心全意的爲孩子打算起來。

張翠山向她淒然望了一眼，伸手撫摸她頭髮，心道：「這荒島與中土相距萬里，卻如何能回去？」但不忍傷愛妻之心，此言並不出口。

謝遜忽道：「張夫人的話不錯。咱們這一輩子算是完了，但如何能使這孩子老死荒島，享不到半點人世的歡樂？張夫人，咱三人終當窮智竭力，使孩子得歸中土。」

殷素素大喜，顫巍巍的站起身來。張翠山忙伸手相扶，驚道：「素素，你幹甚麼？快好好躺著。」殷素素道：「不，五哥，咱倆一起給謝前輩磕幾個頭，感謝他這番大恩大德。」

謝遜搖手道：「不用，不用。這孩子取了名字沒有？」張翠山道：「還沒有。前輩學問淵博，請給他取個名字罷！」謝遜沉吟道：「嗯，得取個好名字，讓我好好來想一個。」殷素素忽然想起：「難得這怪人如此喜愛這孩子，他若將孩兒視若己子，那麼孩兒在這島上就再不愁他加害，縱然他狂性發作，也不致驟下毒手。」說道：「謝前輩，我爲這孩兒求你一件事，務懇不要推卻。」謝遜問道：「甚麼事？」

殷素素道：「你收了這孩兒做義子罷！讓他長大了，對你當親生父親一般奉養。得你照料，這孩兒一生不會吃人家的虧。五哥，你說好不好？」張翠山明白妻子的苦心，說道：「妙極，妙極！謝前輩，請你不棄，俯允我夫婦的求懇。」

謝遜淒然道：「我自己的親生孩兒給人一把摔死了，成了血肉模糊的一團，你們瞧見了沒有？」張翠山和殷素素對望一眼，覺得他言語之中又有瘋意，但想起他的慘酷遭際，不由得心中惻然。謝遜又道：「我那孩子如果不死，我將一身武功傳授於他，嘿嘿，他未必便及不上你們甚麼武當七俠。」這幾句話淒涼之中帶著幾分狂傲，但自負之中又包含著無限寂寞傷心。張翠山和殷素素不覺都油然而起悔心：「倘若當日在冰山上不毀了他雙目，咱們四人在此荒島隱居，無憂無慮，豈不是好？」

三人默然半晌。張翠山道：「謝前輩，你收這孩兒作爲義子，咱們叫他改宗姓謝。」謝遜臉上閃過一絲喜悅之色，說道：「你肯讓他姓謝？我那個死去的孩兒，名叫謝無忌。」張翠山道：「如果你喜歡，那麼，咱們這孩兒便叫作謝無忌。」

謝遜喜出望外，唯恐張翠山說過了後悔，說道：「你們把親生孩兒給了我，那麼你們自己呢？」張翠山道：「孩兒不論姓謝姓張，咱們一般的愛他。日後他孝順雙親，敬愛義父，不分親疏厚薄，豈非美事？素素，你說可好？」殷素素微一遲疑，說道：「你說怎麼便是怎麼。孩子多得一個人疼愛，終是便宜了他。」謝遜一揖到地，說道：「這我可謝謝你們啦，毀目之恨，咱們一筆勾銷。謝遜雖喪子而有子，將來謝無忌名揚天下，好教世人得知，他父母是張翠山、殷素素，他義父是金毛獅王謝遜！」

殷素素當時所以稍一猶疑，乃是想起眞的謝無忌已死，給人摔成一團肉漿，自己的孩兒頂用這個名字，未免不吉，然見謝遜如此大喜若狂，料想他對這孩兒必極疼愛，孩兒將來定可得到他許多好處，母親愛子之心無微不至，只須於孩子有益，甚麼事都肯了，抱了孩兒，說道：「你要抱抱他嗎？」

謝遜伸出雙手，將孩子抱在臂中，不由得喜極而泣，雙臂發顫，說道：「你……你快抱回去，我這模樣別嚇壞了他。」其實初生一天的嬰兒懂得甚麼，但他這般說，顯是愛極了孩子。殷素素微笑道：「只要你喜歡，便多抱一會，將來孩子大了，你帶著他到處玩兒罷。」

謝遜道：「好極，好極……」聽得孩兒哭得極響，道：「孩子餓了，你餵他吃奶罷！我到外邊去。」實則他雙目已盲，殷素素便當著他面哺乳也沒甚麼，但他發狂時粗暴已極，這時卻文質彬彬，竟成了個儒雅君子。

張翠山道：「謝前輩……」謝遜道：「不，咱們已成一家人，再這樣前輩後輩的，豈不生分？我這麼說，咱三人索性結義為金蘭兄弟，日後於孩子也好啊。」張翠山道：「你是前輩高人，我夫婦跟你身分相差太遠，如何高攀得上？」謝遜道：「呸，你是學武之人，卻也這般迂腐起來？五弟、五妹，你們叫我大哥不叫？」殷素素笑道：「我先叫你大哥，咱們是拜把子的兄妹。他若再叫你前輩，我也成了他的前輩啦！」張翠山道：「既是如此，小弟惟大哥之命是從。」殷素素道：「咱們先就這麼說定，過幾天等我起得身了，再來祭告天地，行拜義父、拜義兄之禮。」

謝遜哈哈大笑，說道：「大丈夫一言既出，終身不渝，又何必祭天拜地？這賊老天自己管不了自己的事，我謝遜最恨他不過。」說著揚長出洞，只聽得他在曠野上縱聲大笑，顯得開心之極。張殷兩人自從識得他以來，從未見過他如此歡喜。

自此三人全心全意的撫育孩子。謝遜少年時原是獵戶，他號稱「金毛獅王」，馴獸捕生之技，天下無雙，張翠山詳述島上多處地形，謝遜在他指引下走了一遍，便即記住。自此捕鹿殺熊，便由謝遜一力承擔。

數年彈指即過，三個人在島上相安無事。那孩子百病不生，長得甚是壯健。三人中倒似謝遜對他最爲疼愛，有時孩子太過頑皮，張翠山和殷素素要加責打，每次都是謝遜從中攔住。如此數次，孩子便恃他作爲靠山，逢到父母發怒，總奔到義父處求救。張殷二人往往搖頭苦笑，說孩子給大哥寵壞了。

到無忌四歲時，殷素素教他識字。五歲生日那天，張翠山道：「大哥，孩子可以學武啦，從今天起你來教，好不好？」謝遜搖頭道：「不成，我的武功太深，孩子沒法領悟。還是你傳他武當心法。等他到八歲時，我再來教他。教得兩年，你們便可回去啦！」殷素素奇道：「你說我們可以回去？回中土去？」

謝遜道：「這幾年來我日日留心島上的風向水流，每年黑夜最長之時，總是颳北風，數十晝夜不停。咱們可以紮個大木筏，裝上風帆，乘著北風，不停向南，要是賊老天不來橫加搗蛋，說不定你們便可回歸中土。」殷素素道：「我們？難道你不一起去麼？」謝遜道：「我瞎了雙眼，回到中土做甚麼？」殷素素道：「你如不去，咱們卻決不容你獨自留著。孩子也不肯啊，沒了義父，誰來疼他？」謝遜嘆道：「我得能疼他十年，已經夠了。賊老天總是跟我搗亂，這孩子倘若陪我的時候太多，只怕賊老天遷怒於他，會有橫禍加身。」殷素素打了個寒噤，但想這是他隨口而言，也沒放在心上。

張翠山傳授孩子的是紮根基的內功，心想孩子年幼，只須健體強身，便已足夠，在這荒島之上，決不會和誰動手打架。謝遜雖說過南歸中土的話，但他此後不再提起，看來也是一時興到之言，不能作準。

到第八年上，謝遜果然要無忌跟他學練武功。傳授之時他沒叫張殷二人旁觀，他夫婦便遵依武林中的嚴規，遠遠避開，對無忌的武功進境，也不加考查，信得過謝遜所授，定是高明異常的絕學。

島上無事可紀，日月去似流水，轉眼又是一年有餘。

自無忌出世後，謝遜心靈有了寄託，再也不去理會那屠龍寶刀。有一晚張翠山偶爾失眠，半夜中出來散步，月光下見謝遜盤膝坐在一塊巖石上，手中捧著那柄屠龍寶刀，正自低頭沉思。張翠山吃了一驚，待要避開，謝遜已聽到他腳步聲，說道：「五弟，這『武林至尊，寶刀屠龍』八個字，看來終是虛妄。」張翠山走近身去，說道：「武林中荒誕之說甚多。大哥這等聰明才智，如何對這寶刀之說始終念念不忘？」

謝遜道：「你有所不知，我曾聽少林派一位有道高僧空見大師說過此事。」張翠山道：「啊，空見大師。聽說他是少林派掌門人空聞大師的師兄啊，他逝世已久了。」謝遜點頭道：「不錯，空見已經死了，是我打死的。」張翠山吃了一驚，心想江湖上有兩句話說道：「少林神僧，見聞智性」，那是指當今少林派四位武功最高的和尚空見、空聞、空智、空性四人而言，後來聽說空見大師得病逝世，想不到竟是謝遜打死的。

謝遜嘆了口氣，說道：「空見這人固執得很，他竟然只挨我打，始終不肯還手，我打了他一十三拳，終於將他打死了。」

張翠山更是駭然，心想：「能挨得起大哥一拳一腳而不死的，已是一等一的武學高手，這位少林神僧竟能連挨他一十三拳，身子之堅，那是遠勝鐵石了。」

但見謝遜神色淒然，臉上頗有悔意，料想這事之中，定是隱藏著一件極大過節，他自與謝遜結義以來，八年中共處荒島，情好彌篤，但他對這位義兄，敬重之中總是帶著三分懼意，生怕引得他憶及昔日恨事，當下也不敢多問。

卻聽謝遜說道：「我生平心中真正欽服之人，寥寥可數。尊師張真人我久仰其名，但無緣識荆。這位空見大師，實是一位高僧。他武功上的名氣雖似不及他師弟空智、空性，但依我之見，空智、空性一定及不上他老人家。」張翠山以往聽他月旦當世人物，大都不值一哂，能得他罵上幾句，已算是第一流人物，要他讚上一字，更屬難上加難，想不到他提及空見大師時竟如此欽遲，不禁頗感意外，說道：「想是他老人家隱居清修，少在江湖上走動，是以武學上的造詣少有人知。」

謝遜仰頭向天，呆呆出神，自言自語的道：「可惜，可惜！這樣一位武林中蓋世奇士，竟給我一十三拳活活打死了。他武功極高，可委實迂得厲害。倘若當時他還手跟我放對，我謝遜焉能活到今日？」張翠山道：「難道這位高僧的武功修爲，竟比大哥還要深厚麼？」謝遜道：「我怎能跟他相比？差得遠了，差得遠了！簡直天差地遠！」他說這句話時，神情和語氣之中充滿了由衷的敬仰欽佩之情。

張翠山大奇，心中微有不信，自忖恩師張三丰的武功世所罕有，但和謝遜相較，恐怕也只勝得他半籌，倘若空見大師當眞高出謝遜甚多，說得上「天差地遠」，豈不是將自己恩師也比下去了？但素知謝遜的名字中雖有一個「遜」字，性子卻極倨傲，倘若那人的武功不是眞的強勝於他，他也決計不肯服輸。

謝遜似是猜中了他心意，說道：「你不信麼？好，你去叫無忌出來，我說一個故事給他聽。」張翠山心想三更半夜的，無忌早已睡熟，去叫醒他聽故事，對孩子實無益處，但既然大哥有命，也不便違拗，於是回入熊洞，叫醒了兒子。無忌聽說義父要講故事，大聲叫好，登時將殷素素也吵醒了。三人一起出來，坐在謝遜身旁。

謝遜道：「孩子，不久你就要回歸中土……」無忌奇道：「甚麼回歸中土？」

謝遜將手揮了揮，叫他別打斷自己話頭，續道：「要是咱們的大木排在海中沉了，或是飄得無影無蹤，那也罷了，一切休提。但若真的能回中土，我跟你說，世上人心險惡，誰都不要相信。除了父母之外，誰都會存著害你的心思。」無忌插口道：「義父也決不會害我！」謝遜點頭道：「不錯，除了你父母和你義父。就可惜年輕時沒人跟我說這番話。唉，便是說了，當時我也不會相信。

「我在十歲那一年，因意外機緣，拜在一個武功極高之人的門下學藝。我師父見我資質不差，對我青眼有加，將他的絕藝傾囊以授。我師徒情若父子，五弟，當時我對師父的敬愛仰慕，大概跟你對尊師沒差分毫。我在二十三歲那年離開師門，遠赴西域，結交了一羣大有來歷的朋友，蒙他們瞧得起我，當我兄弟相待。五妹，令尊白眉鷹王，就在那時跟我結交的。後來我娶妻生子，一家人融融洩洩，過得極是快活。

「在我二十八歲那年上，我師父到我家來盤桓數日，我自是高興得了不得，全家竭誠款待，我師父空閒下來，又指點我功夫。那知這位武林中的成名高手，竟是人面獸心，在七月十五那日酒後，忽對我妻橫加強暴……」

無忌不懂「橫加強暴」的意思，張翠山和殷素素卻同時「啊」的一聲，師姦徒妻之事，武林中從所未聞，那可是天人共憤的大惡事。

謝遜續道：「我妻子大聲呼救，我父親聞聲闖進房中，我師父見事情敗露，一拳將我父親打死了，跟著又打死了我母親，將我只有三歲的兒子謝無忌……」

無忌聽他提到自己名字，奇道：「謝無忌？」

張翠山斥道：「別多口！聽義父說話。」謝遜道：「是啊，我那親生孩兒跟你名字一樣，也叫謝無忌。我師父抓起了他，將他摔成血肉模糊的一團。」

無忌忍不住又問：「義父，他……他還能活麼？」謝遜悽然搖頭，說道：「不能活了，不能活了！」殷素素向兒子搖了搖手，叫他不可再問。

謝遜出神半晌，才道：「那時我瞧見這等情景，嚇得呆了，心中一片迷惘，不知如何對付我這位生平最敬愛的恩師，突然間他一拳打向我胸口，我胡裏胡塗的也沒想到抵擋，就此暈死過去，待得醒轉時，我師父早已不知去向，但見滿屋都是死人，我父母妻兒，弟妹僕役，全家一十三口，盡數斃於他拳下。想是他以為一拳已將我打死，就此沒再下毒手。

「我大病一場之後，苦練武功，三年後找我師父報仇。但我跟他功夫實在相差太遠，所謂報仇，徒然自取其辱，可是這一十三條人命的血仇，如何能便此罷休？於是我遍訪名師，廢寢忘食的用功，這番苦功，總算也有著落，五年之間，我自覺功夫大進，又去找我師父。那知我功夫強了，他仍比我強得很多，第二次報仇還是落得個重傷下場。

「我養好傷不久，便得了一本『七傷拳』拳譜，這路拳法威力實非尋常。於是我潛心專練『七傷拳』的內勁，兩年後拳技大成，自忖已可和天下第一流高手比肩。我師父若非另有奇遇，決不能再是我敵手。不料第三次上門去時，卻已找不到他的所在。我在江湖上到處打聽，始終訪查不到，想是他爲了避禍，隱居於窮鄉僻壤，大地茫茫，卻到何處去尋？我憤激之下，便到處做案，殺人放火，無所不爲。每做一件案子，便在牆上留下了我師父的姓名。」

張翠山和殷素素一齊「啊」了一聲。謝遜道：「你們知道我師父是誰了罷？」殷素素點頭道：「嗯！你是『混元霹靂手』成崑的弟子。」

原來數年前武林中突生軒然大波，自遼東以至嶺南，半年之間接連發生了三十餘件大案，許多成名豪傑突然不明不白的遭害，而兇手必定留下「混元霹靂手成崑」的名字。遭害之人不是一派掌門，便是交遊極廣的老英雄，每一件案子都牽連人數甚衆。只要這樣一件案子，武林中便要到處轟傳，何況接連三十餘件。當時武當七俠曾奉師命下山查詢，竟查不到半點頭緒。衆人均知這是有人故意嫁禍於成崑。「混元霹靂手」成崑武功甚高，向來潔身自愛，聲名甚佳，被害者又有好幾個是他的知交好友，這些案子決不是他做的。但要查知兇手是誰，自非著落在他身上不可，可是他忽然無影無蹤，音訊杳然。紛擾多時，三十餘件大案也只有不了了之。雖然想報仇雪恨的人成百成千，可是不知兇手是誰，人人也都只有徒呼負負。若非謝遜今日自己吐露眞相，張翠山怎猜得到其中原委。

謝遜道：「我冒成崑之名做案，是要逼得他挺身而出，便算他始終龜縮，武林中千百人到處查訪，總比我一人之力強得多啊。」殷素素道：「此計不錯，只不過這許多人無辜傷在你手下，在陰世間也是胡塗鬼，未免可憐！」

謝遜道：「難道我父母妻兒給成崑害死，便不是無辜麼？便不可憐麼？我看你從前倒也磊落爽快，嫁了五弟九年，卻學得這般婆婆媽媽起來。」殷素素向丈夫望了一眼，微微一笑，說道：「大哥，這些案子倏然而起，倏然而止，後來你終於找到了成崑麼？」

謝遜道：「沒找到，沒找到！後來我在洛陽見到了宋遠橋。」

張翠山大吃一驚，道：「我大師哥宋遠橋？」

謝遜道：「不錯，是武當七俠之首的宋遠橋。我做下這許多大案，江湖上早鬧得天翻地覆，但我師父混元霹靂手成崑……」無忌道：「義父，他這樣壞，你還叫他師父？」

謝遜苦笑道：「我從小叫慣了。再說，我的一大半武功總是他傳授的。他雖是個大壞蛋，我也不是好人，說不定我的爲非作歹也都是他教的。好也是他教，歹也是他教，我還是叫他師父。」張翠山心想：「大哥一生遭遇慘酷，憤激之餘，行事不分是非。無忌聽了這些話記住心中，於他日後立身大是有害，過幾天可得好好跟他解說明白。」

謝遜續道：「我見師父如此忍得，居然仍不露面，心想非做一件驚天動地的大案，不足以激逼他出來。方今武林之中，以少林、武當兩派爲尊，看來須得殺死一名少林派或是武當派中第一流的人物，方能見效。那一日我在洛陽淸虛觀外的牡丹園中，見到宋遠橋出手懲戒一名惡霸，武功了得，決意當晚便去將他殺了。」

張翠山聽到這裏，不由得慄然而懼，他明知大師哥並未爲謝遜所害，但想起當時情勢的凶險，仍不免惴惴，謝遜的武功高出大師哥甚多，何況一個在明，一個在暗，倘若當眞下手，大師哥決無倖理。殷素素也知宋遠橋未死，說道：「大哥，想是你突然不忍加害無辜，要是你當眞殺了宋大俠，咱們這位張五俠早已跟你拚了命，再也不會成爲結義兄弟了。」

謝遜哼了一聲，道：「那有甚麼忍不忍的？若在今日，我瞧在五弟面上，自不會去跟武當派爲難。可是那時我又不識得五弟，別說是宋遠橋，便是五弟自己，只要給我見到了，還不是殺了再說。」

無忌奇道：「義父，你爲甚麼要殺我爹爹？」謝遜微笑道：「我是說個比方啊，並不是眞的要殺你爹爹。你爹爹是我結義兄弟，是我在世上最好的朋友。倘若有人要殺你爹爹，我便不要性命也會幫你爹爹！」無忌道：「嗷，原來這樣！」這才放心。

謝遜撫摸他頭髮，說道：「賊老天雖有諸般不好，總算沒讓我殺了宋遠橋。宋遠橋是你爹爹的大師兄，倘若我不幸殺了他，我愧對你爹爹，也不能跟他結義爲兄弟了。」停了片刻，續道：「這天晚上我在客店中打坐養神，我想宋遠橋既是武當七俠之首，武功上自有過人之處，假若一擊不中，給他逃了，或者只打得他傷而不死，那麼我的行藏必致洩露，要逼出我師父的計謀盡數落空，而且普天下豪傑向我羣起而攻，我謝遜便有三頭六臂，也沒法對敵啊。我一死不打緊，這場血海冤仇，可從此無由得報了。」

張翠山問道：「你跟我大師哥這場比武後來如何了結？大師哥始終沒跟我們說這件事，倒也奇怪。」謝遜道：「宋遠橋壓根兒就不知道，恐怕他連『金毛獅王謝遜』這六個字也從來沒聽見過，因爲我後來沒去找他。」

張翠山嘆了口氣，說道：「謝天謝地！」殷素素笑道：「謝甚麼賊老天、賊老地，謝一謝眼前這個謝大哥才是眞的。」張翠山和無忌都笑了起來。

謝遜揮刀將大樹斜砍削斷。張翠山等三人看那大樹的斜剖面時，只見樹心中一條條通水的筋脈已大半震斷，有的扭曲，有的粉碎，有的裂爲數截，有的若斷若續。

八　窮髮十載泛歸航

謝遜緩緩的道：「那天晚上的情景，今日我仍記得清清楚楚。我坐在客店中的炕上，暗運眞氣，將那『七傷拳』在心中又想了幾遍。五弟，你從來沒見過我的『七傷拳』，要不要見識見識？」張翠山還沒回答，殷素素搶著道：「那定是神妙無比，威猛絕倫。大哥，你怎地不去找宋大俠了？」

謝遜微微一笑，說道：「你怕我試拳時傷了你老公麼？倘若這拳力不是收發由心，還算得是甚麼『七傷拳』？」說著站起身來，走到一株大樹之旁，一聲吆喝，宛似憑空打了個霹靂，猛響聲中，一拳打在樹幹之上。

以他功力，這一拳若不將大樹打得斷爲兩截，也當拳頭深陷樹幹，那知他收回拳頭時，那大樹竟絲毫無損，連樹皮也不破裂半點。殷素素心中難過：「大哥在島上一住九年，武功全然抛荒了。我從來不見他練功，原也難怪。」怕他傷心，還是大聲喝采。

謝遜道：「五妹，你這聲喝采全不由衷，你只道我武功大不如前了，是不是？」殷素素道：「在這荒島之上，來來去去四個親人，還練甚麼武功？」謝遜問道：「五弟，你瞧出了其中奧妙麼？」張翠山道：「我見大哥這一拳去勢十分剛猛，可是打在樹上，連樹葉也沒一片晃動，這一點我可不懂了。便是無忌去打一拳，也會搖動樹枝啊！」

無忌叫道：「我會！」奔過去在大樹上砰的一拳，果然樹枝亂晃，月光照映出來的枝葉影子在地下顫動不已。張翠山夫婦見兒子這一拳頗爲有力，心下甚喜，一齊瞧著謝遜，等他說明其中道理。

謝遜道：「我打了這拳，三天之後，樹葉便會萎黃跌落，半個月後，大樹枝幹枯槁。我這一拳已將大樹的脈絡從中震斷了。」張翠山和殷素素不勝駭異，但知他素來不打誑語，此言自非虛假。謝遜取過手邊的屠龍寶刀，拔刀出鞘，嚓的一聲，在大樹的樹幹中斜砍一刀，只聽得砰嘭巨響，大樹的上半段向外跌落。謝遜收刀說道：「你們瞧一瞧，我『七傷拳』的威力可還在麼？」

張翠山等三人走過去看大樹的斜剖面時，只見樹心中一條條通水的筋脈已大半震斷，有的扭曲，有的粉碎，有的裂爲數截，有的若斷若續，顯然他這一拳之中，又包含著數般不同的勁力。張殷二人大爲嘆服。張翠山道：「大哥，今日眞叫小弟大開眼界。」

謝遜忍不住得意之情，說道：「我這一拳之中共有七股不同勁力，或剛猛，或陰柔，或剛中有柔，或柔中有剛，或橫出，或直送，或內縮。敵人抵擋了第一股勁，抵不住第二股，抵了第二股，第三股勁力他又如何對付？嘿嘿，『七傷拳』之名便由此而來。五弟，那日你跟我比拚的是掌力，倘若我出的是七傷拳，你便擋不住了。」張翠山道：「是！」

無忌想問爹爹爲甚麼跟義父比拚掌力，見母親連連搖手，便忍住不問，說道：「義父，你把這『七傷拳』教了我好麼？」謝遜搖頭道：「不成！」無忌好生失望，還想纏著相求。殷素素笑道：「無忌，你不傻嗎？你義父這門武功精妙深湛，若不是先有上乘內功，如何能練？」無忌道：「是，那麼等我練好了上乘內功再說。」

謝遜搖頭道：「這『七傷拳』不練也罷！每人體內，均有陰陽二氣，金木水火土五行。心屬火、肺屬金、腎屬水、脾屬土、肝屬木，一練七傷，七者皆傷。這七傷拳的拳功每練一次，自身內臟便受一次損害，所謂七傷，實則是先傷己，再傷敵。我若不是在練七傷拳時傷了心脈，也不致有時狂性大發、無法抑制了。」

張翠山和殷素素此時方知，何以他才識過人，武功高強，狂性發作時竟會心智盡失。

謝遜又道：「倘若我內力眞的渾厚堅實，到了空見大師或武當張眞人的地步，再來練這七傷拳，想來自己也可不受損傷，便有小損，亦無大礙。不過當年我報仇心切，費盡了心力，才從崆峒派手中奪得這本《七傷拳譜》的古抄本，拳譜一到手，立時便心急慌忙的練了起來，唯恐拳功未成而我師父已死，報不了仇。待得察覺內臟受了大損，已無法挽救，當時我可沒去想，崆峒派既有此世代相傳的拳譜，卻爲何無人以此神拳名揚天下，而崆峒派也成不了一等一的大門派。我又貪圖這路拳法出拳時聲勢烜赫，有極大好處。五妹，你懂得其中道理罷？」

殷素素微一沉吟，道：「嗯，是不是跟你師父霹靂甚麼的功夫差不多？」

謝遜道：「正是。我師父外號叫作『混元霹靂手』，掌含風雷，威力驚人。我找到他後，如用這路七傷拳功跟他對敵，他定以爲我使的還是他親手所傳武功，待得拳力及身，他再驚覺不對，可已遲了。五弟，你別怪我用心深刻，我師父外表粗魯，可實是天下最工心計、城府奇深的毒辣之人。若不是以毒攻毒，大仇便無法得報……唉，枝枝節節的說了許多，還沒說到空見大師。

「且說那晚我運氣溫了三遍七傷拳功，便越牆出外，要去找宋遠橋。我躍出牆外，身未落地，突覺肩頭給人輕輕一拍。我大吃一驚，以我當時武功，竟有人伸手拍到我身上而不及擋架，實在難以想像。無忌，你想，這一拍雖輕，但若他掌上施出勁力，我豈不已受重傷？我當即回手一撈，卻撈了個空，反擊一拳，這拳自然也沒打到人，左足一落地，立即轉身，便在此時，我背上又讓人輕輕拍了一掌，同時背後一人嘆道：『苦海無邊，回頭是岸。』」

無忌覺得十分有趣，笑了出來，說道：「義父，這人跟你鬧著玩麼？」張翠山和殷素素卻已猜到，說話之人定是那空見大師了。

謝遜續道：「當時我只嚇得全身冰冷，手足輕顫，那人如此武功，要制我死命可說易如反掌。他說那『苦海無邊，回頭是岸』這八個字，只一瞬之間的事，可是這八個字他說得不快不慢，充滿慈悲心腸。我聽得清清楚楚。但那時我心中只感到驚懼憤怒，回過身來，見四丈外站著一位灰衣僧人。我轉身之時，只道他離開我只不過兩三尺，那知他一拍之下，立即飄出四丈，身法之快，步法之輕，當眞匪夷所思。

「當時我只有一個念頭：『是寃鬼，給我殺了的人索命來著！』倘是活人，決不能有這般來去如電的功夫。我一想到是鬼，膽子反而大了，喝道：『妖魔鬼怪，給我滾得遠遠的，老子天不怕地不怕，豈怕你這孤魂野鬼？』那灰衣僧人合什說道：『謝居士，老僧空見合什！』我一聽到空見兩字，便想起江湖上所說『少林神僧，見聞智性』這兩句話來。他名列四大神僧之首，無怪武功如此高強。」

張翠山想起這位空見大師後來是給他一十三拳打死的，心中隱隱不安。

謝遜續道：「當時我便問：『是少林寺的空見神僧麼？』那灰衣僧人道：『神僧二字，愧不敢當。老衲正是少林空見。』我道：『在下跟大師素不相識，何故相戲？』空見說道：『老衲豈敢戲弄居士？請問居士，此刻欲往何處？』我道：『我到何處去，跟大師有何干係？』空見道：『居士今晚想去殺武當派的宋遠橋大俠，是不是？』

「我聽他一語道破我心意，又奇怪，又吃驚。他又道：『居士要想再做一件震動武林的大案，好激得那混元霹靂手成崑現身，以報殺害你全家的大仇……』我聽他說出了我師父的名字，更加駭異。我師父殺我全家之事，我從沒跟旁人說過。這件醜事我師父掩飾抵賴也唯恐不及，他自己當然更不會說。這空見和尚卻如何知道？

「我當時身子劇震，說道：『大師若肯見示他的所在，我謝遜一生給你做牛做馬，也在所甘願。』空見嘆道：『這成崑所作所爲，罪孽確是太大，但居士恨怒之下，牽累害死了這許多武林人物，眞是罪過，罪過。』我本來想說：『要你多管甚麼閒事？』但想起適才他所顯的武功，我可不是敵手，何況正有求於他，只得強忍怒氣，說道：『在下實迫於無奈，那成崑躲得無影無蹤，四海茫茫，教我到那裏去找他？』空見點頭道：『我也知你滿腔怨毒，無處發洩。但那宋大俠是武當派張眞人首徒，你要是害了他，這個禍闖得可實在太大。』我道：『我是志在闖禍，禍事越大，越能逼成崑出來。』

「空見道：『謝居士，你要是害了宋大俠，那成崑的確非出頭不可。但今日的成崑已非昔日可比，你武功遠不及他，這場冤仇是報不了的。』我道：『成崑是我師父，他武功如何，我知道得挺淸楚。』空見搖頭道：『他另投名師，三年來的進境非同小可。

你雖練成了崆峒派的「七傷拳」，卻也傷他不得。』我驚詫無比，這空見和尚我生平從未見過，但我的一舉一動，他卻件件猶如親眼目睹。我呆了片刻，問道：『你怎知道？』他道：『是成崑跟我說的。』」他說到這裏，張殷夫妻和無忌一齊「啊」的一聲。

謝遜道：「你們此刻聽著尚自驚奇，當時我聽了這句話，登時跳了起來，喝道：『他又怎知道？』他緩緩的道：『這幾年來，他始終跟隨在你身旁，只因他不斷易容改裝，是以你認他不出。』我道：『哼，我認他不出？他便化了灰，我也認得他。』他道：『謝居士，你自非粗心大意之人，可是這幾年來，你一心想的只是練武報仇，對身周之事都不放在心上了。你在明裏，他在暗裏。你不是認他不出，你壓根兒便沒去認他。』

「這番話不由得我不信，何況空見大師是名聞天下的有道高僧，諒也不致打誑騙我。我道：『既是如此，他暗中將我殺了，豈不乾淨？』空見道：『他若起心害你，自是一舉手之勞。謝居士，你曾兩次找他報仇，兩次都敗了，他要傷你性命，那時候為甚麼便不下手？再說，你去奪那《七傷拳譜》之時，你曾跟崆峒派的三大高手比拚內力，可是「崆峒五老」中的其餘二老呢？他們為甚麼不來圍攻？要是五老齊上，你未必能保得性命罷？』

「當日我打傷『崆峒三老』後，發覺其餘二老竟也身受重傷，這件怪事我一直存在心中，不能解開這大疑團。莫非崆峒派忽起內鬨？還是另有不知名的高手在暗中助我？

我聽空見大師這般說，心念一動，問道：『那二老竟難道是成崑所傷？』」

張翠山和殷素素聽他愈說愈奇，雖江湖上的事波譎雲詭，兩人見聞均廣，甚麼古怪的事也都聽見過，可是謝遜此刻所說之事卻委實猜想不透。兩人心中均隱隱覺得，謝遜已是個極了不起的人物，但他師父混元霹靂手成崑，不論智謀武功，似乎又皆勝他一籌。殷素素道：「大哥，那崆峒二老，真是你師父暗中所傷麼？」

謝遜道：「當時我這般衝口而問。空見大師說道：『崆峒二老受的是甚麼傷，謝居士親眼得見麼？他二人臉色怎樣？』我默然無語，隔了半晌，說道：『如此說來，崆峒二老當真是我師父所傷了。』原來當時我見到崆峒二老躺在地下，滿臉都是血紅斑點，顯然他二人以陰勁傷人，卻讓高手以『混元功』逼回。這樣的滿臉血紅斑點，以我所知，除了遭混元功逼回自身內勁之外，除非是猝發斑疹傷寒之類惡疾，但我當日初見崆峒五老之時，五個人都好端端地，自非突患暴病。當時武林之中，除我師徒二人，再沒第三人練過混元功。

「空見大師點了點頭，嘆道：『你師父酒後無德，傷了你一家老小，酒醒之後，惶慚無地，是以你兩次找他報仇，他都不傷你性命。他甚至不肯將你打傷，但你兩次都發瘋般跟他拚命，若不傷你，他始終無法脫身。嗣後他一直暗中跟隨在你身後，你三度遭遇危難，都是他暗中解救。』我心下琢磨，除了崆峒門五老之外，果然另有兩件蹊蹺之事，在萬分危急之際，敵方攻勢忽懈。尤其那次跟青海派高手相鬥，情勢最爲凶險。空見大師又道：『他自知罪過太深，也不能求你寬恕，只盼時日一久，你慢慢淡忘了。豈知你愈鬧愈大，害死的人越來越多。今日你若再去殺了宋遠橋大俠，這場大禍可眞難以收拾了。』

「我道：『既是如此，請大師叫我師父來見我。我們自己算帳，跟旁人不相干。』空見大師道：『你師父沒臉見你。再說，謝居士，不是老衲小覷你，你便見到了他，也屬枉然。』我道：『大師是有道高僧，是非黑白，自然清楚得很。難道我滿門血仇，就此罷了不成？』他道：『謝居士遭遇之慘，老衲也代爲心傷。可是尊師酒後亂性，實非本意，何況他已深自懺悔，還望謝居士念著昔日師徒之情，網開一面。』我怒發如狂，說道：『我如再打他不過，任他一掌斃便了。此仇不報，我也不想活了。』

「空見大師沉吟良久，說道：『謝居士，尊師武功已非昔比，你雖練成了七傷拳，也傷他不得。你如不信，便請打老衲幾拳試試。』我道：『在下跟大師無冤無仇，豈敢相傷？在下武功雖然低微，這七傷拳卻也不易抵擋。』他道：『謝居士，我跟你打一個賭。尊師殺了你全家一十三口性命，你便打我一十三拳。若打傷了我，老衲罷手不理此事，尊師自會出來見你。否則這場冤仇便此作罷如何？』我沉吟未答，心知這位高僧武功奇深，七傷拳雖然厲害，要是眞的傷他不得，難道這仇便不報了？

「空見大師又道：『老實跟你說，老衲既插手管了此事，決不容你再殘害無辜的武林同道。你如一念向善，便此罷手，過去之事大家一筆勾銷。否則你要找人報仇，難道為你所害那些人的弟子家人，便不想找你報仇麼？』我聽他語氣嚴厲起來，狂性大發，喝道：『好，我便打你一十三拳！你抵擋不住之時，隨時喝止。大丈夫言出如山，你可要叫我師父出來相見。』空見大師微微一笑，說道：『請發拳罷！』我見他身材矮小，白眉白鬚，貌相慈祥莊嚴，不忍便此傷他，第一拳只使了三成力，砰的一聲，擊在他胸口。」

無忌叫道：「啊喲！義父，你使的便是這路震斷樹脈的『七傷拳』麼？」

謝遜道：「不是！這第一拳是我師父成崑所授的『霹靂拳』。我一拳擊去，他身子晃了晃，退後一步。我想這一拳只使了三成力，他已退後一步，若將『七傷拳』施展出來，不須三拳，便能送了他性命。我第二拳稍加勁力，他仍晃了晃，退後一步。第三拳時我使了七成力，他也是一晃之後，再退一步。我微感奇怪，我拳上的勁力已加了一倍有餘，但擊在他身上仍一模一樣。依他枯瘦的身形，我一拳便能打斷他肋骨，但他體內並不生出反震之力，只若無其事的受了我三拳。

「我想，要將他打倒，非出全力不可，可是我一出全力，他非死即傷。我雖為惡已久，但對他捨己為人的慈悲心懷也不免肅然起敬，說道：『大師，你只挨打不還手，我不忍再打。你受了我三拳，我答允不去害那宋遠橋便是。』他道：『那麼你跟成崑的怨仇怎樣？』我道：『此仇不共戴天，不是他死，便是我亡。』我頓了一頓，又道：『但大師既然出面，謝某敬重大師，自此而後，只找成崑自己和他家人，決不再連累不相干的武林同道。』

「空見大師合什說道：『善哉，善哉！謝居士有此一念，老衲謹代天下武林同道謝過。但老衲立心化解這場冤孽，剩下的十拳，你便照打罷。』我心下盤算，只有用『七傷拳』將他擊傷，我師父才肯露面，好在這『七傷拳』的拳勁收發自如，我下手自有分寸，於是說道：『如此便得罪了！』第四拳跟著發出，這一次用的是『七傷拳』拳勁了。拳中胸膛，他胸口微一低陷，便向前跨了一步。」

無忌道：「這可奇了，這位老和尚這次不再退後，反而向前。」

張翠山道：「那是少林派『金剛不壞體』神功罷？」

謝遜點頭道：「五弟見多識廣，所料果然不錯。我這拳擊出，和前三拳已大不相同，他身上生出一股反震之力，只震得我胸內腹中，有如五臟一齊翻轉。我心知他也是迫於無奈，若不使這門神功，便擋不住我的七傷拳。我久聞少林派『金剛不壞體』神功乃古今五大神功之一，其時親身領受，果然非同小可。當下第五拳我偏重陰柔之力，他仍跨前一步，那股陰柔之力反擊過來，我好容易才得化解……」

無忌道：「義父，老和尚說好不還手的，怎地將你的拳勁反擊回來？」

謝遜撫著他頭髮，說道：「我打過第五拳，空見大師便道：『謝居士，我沒料到七傷拳威力如此驚人，我不運功回震，便抵擋不住。』我道：『你沒還手打我，已深感盛情。』當下我拳出如風，第六、七、八、九四拳一口氣打出。那空見大師也眞了得，這四拳打在他身上，他一一震回，剛柔分明，層次井然。

「我好生駭異，喝道：『小心了！』第十拳輕飄飄的打了出去。他微微點了點頭，不待我拳力著身，便跨上兩步，竟在這霎息之間，佔了機先。」

無忌自然不懂跨這兩步有甚難處。張翠山卻深知高手對敵，能在對手出招之前先行料到，實是極大難事，通常只須料到一招，即足制勝，點頭道：「了不起，了不起！」

謝遜續道：「這第十拳我已使足了全力，他搶先反震，竟令我倒退了兩步。我雖瞧不見自己的臉色，但可以想見，那時我定是臉如白紙，全無血色。空見大師緩緩吁了口氣，說道：『這第十一拳不忙便打，你定一定神再發罷！』我雖萬分的要強好勝，但內息翻騰，一時之間，那第十一拳確然打不出去。」

張翠山等聽到這裏，都甚爲心焦。無忌忽道：「義父，下面還有三拳，你就不要打了罷。」謝遜道：「爲甚麼？」無忌道：「這老和尚爲人很好，你打傷了他，心中過意不去。如傷了自己，那也不好。」張翠山和殷素素對望一眼，心想這孩子小小年紀，竟有這等見識，可說極不容易。張翠山更爲喜慰，覺得無忌心地仁厚，能分辨是非。

謝遜嘆了口氣，說道：「枉自我活了幾十歲，那時卻不及孩子的見識。我心中充塞了報仇雪恨之念，不找到我師父，決不甘休，明知再打下去，兩人中必有一個死傷，可也顧不了許多。我運足勁力，第十一拳又擊了出去，這一次他卻身形斗地向上一拔，我這一拳本來打他胸口，但他一拔身，拳力便中在小腹之上。他眉頭一皺，顯得很疼痛。我明白他意思，他如以胸口擋我拳力，反震之力太大，只怕我禁受不起，小腹的反震之力雖然較弱，他自身受的苦楚卻大得多。

「我呆了一呆，說道：『我師父罪孽深重，死有餘辜，大師何苦以金玉之體，爲他擋災？』空見大師調勻了一下呼吸，苦笑道：『只盼再挨兩拳，便……便化解了這場劫數。』我聽他說話氣息不屬，突然動念：『看來他運起「金剛不壞體」神功之時，不能說話，我何不引他說話，突然一拳打出。』便道：『倘若我在一十三拳內打傷了你，你保得定我師父定會來見我麼？』他道：『他親口跟我說過的……』我不等他一句話說完，一拳便擊向他小腹。這一拳去勢既快，落拳又低，要令他來不及發動護體神功。那知佛門神功，隨心而起，我的拳勁剛觸到他小腹，他神功便已佈滿全身。我但覺天旋地轉，心肺欲裂，騰騰騰連退七八步，背心在一株大樹上一靠，這才站住。

「我心灰意懶之下，惡念陡生，說道：『罷了，罷了！此仇難報，我謝遜又何必活於天地之間？』提起手來，一掌便往自己天靈蓋拍下。」

殷素素叫道：「妙計，妙計！」張翠山道：「爲甚麼？」隨即省悟，說道：「噢，可是如此對付這位有道高僧，未免太狠了。」原來他也已想到，謝遜拍擊自己天靈蓋，空見自會出聲喝止，過來相救。謝遜乘他不防，便可下手。張翠山聰明機伶本不在妻子之下，只因平素從不打這些奸詐主意，因此想到此節時終究慢了一步。

謝遜慘然嘆道：「我便是要利用他的宅心仁善，你們料得不錯，我揮掌自擊天靈蓋，雖是暗伏詭計，卻也是行險僥倖。倘若這一掌擊得不重，他看出了破綻，便不會過來阻止。十三拳中只賸下最後一拳，七傷拳的拳勁雖然厲害，怎破得了他的護身神功？那時要找我師父報仇之事，再也休提。當時我孤注一擲，這一掌確實使足了全力，他若不來救，我便自行擊碎天靈蓋而死，反正報不了仇，原本不想活了。

「空見大師眼見事出非常，大叫：『使不得，你何苦……』立即躍來，伸手架開我右掌，我左手發拳擊出，砰的一聲，打在他胸腹之間。這一下他全無提防，連運神功的念頭也沒生。他血肉之軀，如何擋得住這一拳？登時內臟震裂，摔倒在地。

「我擊了這一拳，眼見他不能再活，陡然間天良發現，伏在他身上大哭，叫道：『空見大師，我謝遜忘恩負義，豬狗不如！』」

張翠山等三人默然，均想他以此詭計打死這位有德高僧，確實大大不該。

謝遜道：「空見大師見我痛哭，微微一笑，安慰我道：『人孰無死？居士何必難過？你師父即將到來，你須鎮定從事，別要魯莽。』他一言提醒了我，適才這一十三拳大耗眞力，眼下大敵將臨，豈可再痛哭傷神？於是我盤膝坐下，調勻內息。那知隔了良久，始終不見我師父到來。我心下詫異，望著空見大師。

「這時他已氣息微弱，斷斷續續的道：『想……想不到他……他言而無信……難道……難道甚麼人忽然絆住了他麼？』我大怒起來，喝道：『你騙人，你騙我打死了你，我師父仍不出來見我！』他搖頭道：『我不騙你，眞對你不起！』我狂怒之下，還想罵他，忽然想起：『他騙我來打死他自己，於他有甚麼好處？我打死他，他反來向我道歉。』不由得萬分慚愧，跪在他的身前說道：『大師，你有甚麼心願，我一定給你去辦！』他微微一笑，說道：『但願你今後殺人之際，有時想起老衲。』

「這位高僧不但武功精湛，而且大智大慧，洞悉我的爲人。他知決不能要我絕了報仇之心，改做好人，可是他叫我殺人之際有時想起他。五弟，那日在船中你跟我比拚掌力，我沒傷你性命，就是因爲忽然想起了空見大師。」

張翠山萬想不到自己的性命竟是空見大師救的，對這位高僧更增景慕之心。

謝遜嘆道：「他氣息愈來愈弱，我手掌按住他靈台穴，拚命想以內力延續他性命。他忽然深深吸了口氣，問道：『你師父還沒來麼？』我道：『沒來。』他道：『那是不會來的了。他……他連我也騙了。』我道：『大師，你放心，我不會再胡亂殺人，激他出來。但我走遍天涯海角，定要找到他。』他道：『嗯，不過，你武功不及他……除非……除非……』說到這裏，聲音越來越低。我把耳朵湊到他的嘴邊，只聽他道：『除非……能找到屠龍刀，找到……找到刀中的秘……』他說到這個『秘』字，一口氣接不上來，便此死了。」

直到此刻，張翠山夫婦方始明白，他爲甚麼苦思焦慮的要探索屠龍刀中的秘密，爲甚麼平時溫文守禮，狂性發作時卻如野獸一般，爲甚麼身負絕世武功，卻終日愁苦……

謝遜道：「後來我得到屠龍刀的消息，趕到王盤山島上來奪刀。五妹，令尊昔年是我知交好友，親厚無比，鷹王獅王，齊名當世，後來卻反臉成仇。這中間的種種過節牽連到旁人，卻不能跟你說了。我在得刀之前，千方百計的要找尋成崑，得了屠龍刀之後，卻反怕他找上了我，因此要尋個極隱僻的所在，慢慢探尋刀中秘密。爲了怕你們洩露我的行藏，才把你們帶同前來。想不到一晃九年，謝遜啊謝遜，你還是一事無成！」

張翠山道：「空見大師臨死之時，這番話或許沒說全，他說：『除非能找到屠龍刀中的秘……』，說不定另有所指。」謝遜道：「這九年之中，甚麼荒誕不經、異想天開的情景我都想過了，但沒一件能和他的說話相符。刀中一定藏有一件大秘密，斷然無疑，但我窮極心智，始終猜想不透。我細撫此刀，只發覺刀刃近柄處有個缺口，與一般單刀不同，但這缺口也無他異，於刀法上也沒特別用處啊……」

自這晚長談之後，謝遜不再提及此事，但督率無忌練功，卻變成了嚴厲異常。無忌此時不過九歲，雖然聰明，但要短期內領悟謝遜這些世上罕有的武功，卻怎能夠？謝遜又教他轉換穴道、衝解被封穴道之術，這是武學中極高深的功夫，無忌連穴道也認不明白，內功全無根柢，又如何學得會了？謝遜便又打又罵，絲毫不予姑息。

殷素素常見到兒子身上青一塊、烏一塊，甚是憐惜，向謝遜道：「大哥，你神功蓋世，三年五載之內，無忌如何能練得成？這荒島上歲月無盡，不妨慢慢教他。」謝遜道：「我又不是教他練，是教他盡數記在心中。」殷素素奇道：「你不教無忌練武功麼？」謝遜道：「哼，一招一式的練下去，怎來得及？我只要他記著，牢牢的記在心頭。」

殷素素不明其意，但知這位大哥行事處處出人意表，只得由他。不過每見到孩子身上傷痕累累，便抱他哄他，疼惜一番。無忌居然很明白事理，說道：「媽，義父是要我好，他打得狠些，我便記得牢些。」

如此又過了大半年。一日早晨，謝遜忽道：「五弟，五妹，再過四個月，風向轉南，今日起咱們來紮木筏罷。」張翠山驚喜交集，問道：「你說紮了木筏，回歸中土嗎？」謝遜冷冷的道：「那也得瞧瞧老天發不發善心，這叫作『謀事在人，成事在天』。成功，便回去，不成功，便溺死在大海之中。」

依著殷素素的心意，在這海外仙山般的荒島上逍遙自在，實不必冒著奇險回去，但想到無忌長大之後如何娶妻生子，想到他一生埋沒荒島實在可惜，便興高采烈的一起來紮結木筏。島上多的是參天古木，因生於寒冰之地，生長緩慢，木質緻密，硬如鐵石。謝遜和張翠山忙忙碌碌的砍伐樹木，殷素素便用樹筋獸皮來編織帆布，搓結帆索。無忌奔走傳遞。饒是謝遜和張翠山武功精湛，殷素素也早不是個嬌怯怯的女子，但少了就手家生工具，紮結這大木筏實在事倍功半。

紮結木筏之際，謝遜總要無忌站在身邊，盤問查考他所學武功。這時張殷二人也不再避嫌走開，聽得他義父義子二人一問一答，都是口訣之類。謝遜甚至將各種刀法、劍法，都要無忌猶似背經書一般的死記。謝遜這般「武功文教」，已是奇怪，偏又不加半句解釋，便似一個最不會教書的蒙師，要小學生呆背詩云子曰，全然囫圇吞棗。殷素素在旁聽著，有時忍不住可憐無忌，心想別說是孩子，便是精通武學的大人，也未必便能記得住這許多口訣招式，而且不加試演，單是死記住口訣招式又有何用？難道口中說幾句招式，便能克敵制勝麼？更何況無忌只要背錯一字，謝遜便重重一個耳光打了過去。雖然他手上不帶內勁，但這一個耳光，往往便讓無忌半邊臉蛋紅腫半天。

這座大木筏直紮了兩個多月，方始大功告成，而豎立主桅副桅，又花了半個多月時光。跟著便是打獵醃肉，縫製存貯清水的皮袋。待得事事就緒，已是白日極短，黑夜極長，但風向仍未轉過。三人在海旁搭了個茅棚，遮住木筏，只待風轉，便可下海。

這時謝遜竟片刻也不和無忌分離，便是晚間，也要無忌跟他同睡。張翠山夫婦見他對兒子又親熱，又嚴厲，只有相對苦笑。

一天晚上，張翠山在睡夢中忽聽得風聲有異，便即醒覺坐起，聽得風聲果是從北而至，忙推醒殷素素，喜道：「你聽！」殷素素迷迷糊糊的尚未回答，忽聽得謝遜在外說道：「轉北風啦，轉北風啦！」話中竟如帶著哭音，中夜聽來，極其淒厲辛酸。

次晨張殷夫婦歡天喜地的收拾一切，但在這冰火島上住了十年，忽然便要離開，竟頗為戀戀不捨。待得一切食物用品搬上木筏，已是正午，三人合力將木筏推下海中。無忌第一個跳上筏去，跟著是殷素素。

張翠山挽住謝遜的手，道：「大哥，木筏離此六尺，咱們一齊跳上去罷！」

謝遜說道：「五弟，咱們兄弟從此永別，願你好自珍重。」

張翠山心中突的一跳，有似胸口遭人重重打了一拳，說道：「你……你……」謝遜道：「你心地仁厚，原該福澤無盡，但於是非善惡之際太過執著，難免厄難重重，你一切小心。無忌胸襟寬廣，看來日後行事處世，比你圓通隨和得多。五妹雖是女子，卻不會吃人的虧。我所躭心的，反倒是你。」張翠山越聽越驚訝難過，顫聲道：「大哥，你說甚麼？你不跟……不跟我們一起去麼？」謝遜道：「早在數年之前，我便跟你說過了。難道你忘了麼？」

這幾句話聽在張翠山耳中猶似雷轟一般，這時他方始記得，當年謝遜確曾說過獨個兒不離此島，但此後他不再提起，張殷二人也就沒放在心上。當紮結木筏之時，謝遜也從未流露過獨留之意，不料到得臨行，他忽然說了出來。張翠山急道：「大哥，你一個人在這島上寂寞淒涼，有甚麼好？快跳上木筏啊！」說著手上使勁，用力拉他。但謝遜的身子猶似一株大樹般牢牢釘在地下，竟紋絲不動。

張翠山叫道：「素素，無忌，快上來！大哥說不跟咱們一起去。」殷素素和無忌聽了也都大驚，一齊縱上岸來。無忌道：「義父，你為甚麼不去？你不去我也不去。」

謝遜心中實在捨不得和他三人分別，三人此去，自然永無再會之期，他孤零零的獨處荒島，實是生不如死，但他既與張翠山、殷素素義結金蘭，對他二人的愛護，實已勝過待己，而對義子無忌之愛，更逾於親兒。他思之已久，自知背負一身血債，江湖上不論是名門正派還是綠林黑道，不知有多少人處心積慮的要置己於死地，何況屠龍刀落入己手，此事難免洩露。若在從前，自是坦然不懼，但這時眼目已盲，決不能抵擋大批仇家的圍攻，而張翠山一家也決不能袖手不顧，任由自己遭難，爭端一起，四人勢必同歸於盡。一旦回歸大陸，只怕四人活不上一年半載。但這番計較也不必跟二人說明，事到臨頭，方說自己決意留下。

他聽無忌這幾句話中眞情流露，將他抱起，柔聲道：「無忌，乖孩子，你聽義父的話。義父年紀大了，眼睛又瞎，在這兒住得很好，回到中原只有處處不慣，反而不快活。」無忌道：「回到中原後，孩兒天天服侍你，不離開你身邊。你要吃甚麼喝甚麼，我立刻給你端來，那不是一樣麼？」謝遜搖頭道：「不行的。我還是在這裏快活。」無忌道：「我也是在這裏快活。爹，媽，不如咱們都不去了，還是在這裏的好。」

殷素素道：「大哥，你有甚麼顧慮，還請明言，大家一起商量籌劃。要說留你獨個在這兒，無論如何不成。」

謝遜心想：「這三人都對我情義深重，要叫他們甘心捨己而去，只怕說到舌敝唇焦，也是不能。卻如何想個法兒，讓他們離去？」

張翠山忽道：「大哥，你怕仇家太多，連累了我們，是不是？咱四人回到中原之後，找個荒僻所在隱居起來，不與外人來往，豈非甚麼事都沒了？最好咱們都到武當山去住，誰也想不到金毛獅王會在武當山上。」謝遜傲然道：「哼，你大哥雖然不濟，也不須託庇於尊師張眞人宇下。」張翠山深悔失言，忙道：「大哥武功不在我師父之下，何必託庇於他？回疆西藏、朔外大漠，何處不有樂土？儘可讓我四人自在逍遙。」

謝遜道：「要找荒僻之所，天下還有何處更荒得過此間的？你們到底走是不走？」

張翠山道：「大哥不去，我三人決意不去！」殷素素和無忌也齊聲道：「你不去，我們都不去！」謝遜嘆道：「好罷，大夥兒都不去，等我死了之後，你們再回去那也不遲。」張翠山道：「不錯，在這裏十年也住了，又何必著急？」

謝遜大聲喝道：「我死了之後，你們再沒甚麼留戀了罷？」三人一愕之間，只見他手一伸，嚓的一聲，拔出了屠龍刀，橫刀便往脖子中抹去。

張翠山大驚，叫道：「休傷了無忌！」他知以自己武功，決阻不了義兄橫刀自盡，情急下叫他休傷無忌。謝遜果然一怔，收刀停住，喝道：「甚麼？」

張翠山見他如此決絕，哽咽道：「大哥既決意如此，小弟便此拜別。」說著跪下來拜了幾拜。無忌卻朗聲道：「義父，你不去，我也不去！你自盡，我也自盡。大丈夫說得出做得到，你橫刀抹脖子，我也橫刀抹脖子！」

謝遜叫道：「小鬼頭胡說八道！」一把抓住他背心，將他擲上木筏，跟著雙手連抓連擲，把張翠山和殷素素也都投上木筏，大聲叫道：「五弟，五妹，無忌！一路順風，盼你們平平安安，早歸中土！」又道：「無忌，你回歸中土之後，須得自稱張無忌，這『謝無忌』三字，只可放在心中，萬萬不能出口。」

無忌高叫：「義父，義父！」叫了幾聲後，放聲大哭。

謝遜橫刀喝道：「你們如再上岸，我們結義之情，便此斷絕！」

張翠山和殷素素見義兄心意堅決，終不可回，只得揮淚揚手，和他作別。這時海流帶動木筏，緩緩飄開，眼見謝遜的人影慢慢模糊，漸漸的小了下去。隔了良久良久，直至再也瞧不見他身形，三人這才轉頭。無忌伏在母親懷裏，哭得筋疲力盡，才沉沉睡去。

木筏在大海中飄行，此後果然一直颳的是北風，帶著木筏直向南行。在這茫茫大海之上，自也認不出方向，但見每日太陽從左首升起，從右首落下，每晚北極星在筏後閃爍，而木筏又不停移動，便知離中原日近一日。最初二十餘天中，張翠山生怕木筏撞上冰山，只張了副桅上的一小半帆，航行雖緩，卻甚安全，縱然撞到冰山，也只輕輕一觸，便即滑開。直至遠離冰山羣，才張起全帆。

北風日夜不變，木筏的航行登時快了數倍，且喜時當春季，一路未遇風暴，看來回歸故土倒有了七八成指望。這些時日中，張殷二人怕無忌傷心，始終不提謝遜。

張翠山心想：「大哥所傳無忌那些武功，是否管用，實在難說。無忌回到中土，終須入我武當門下。」木筏上日長無事，便將武當派拳法掌法的入門功夫傳給無忌。他傳授武功的方法，可比謝遜高明得太多了，武當派武功入手又全不艱難，只須講解幾遍，稍加點撥，無忌便學會了。父子倆在這小小木筏之上，一般的拆招餵招。

這日殷素素見海面波濤不興，木筏上兩張風帆張得滿滿的直向南駛，忍不住道：「大哥不但武功精純，對天時地理也算得這般準，真是奇才。」

無忌忽道：「既然風向半年南吹，半年北吹，到明年咱們又回冰火島去探望義父。」張翠山喜道：「無忌說得是，等你長大成人，咱們再一齊北去……」

殷素素突然指著南方，叫道：「那是甚麼？」只見遠處水天相接處隱隱有兩個黑點。張翠山吃了一驚，道：「莫非是鯨魚？要是來撞木筏，那可糟了。」

殷素素看了一會，道：「不是鯨魚，沒見噴水啊。」三人目不轉瞬的望著那兩個黑點。直到一個多時辰之後，張翠山歡聲叫道：「是船，是船！」猛地縱起身來，翻了個觔斗。他自生了無忌之後，終日忙忙碌碌，從未有過這般孩子氣的行動。無忌哈哈大笑，學著父親，也翻了兩個觔斗。

又航了一個多時辰，太陽斜照，已看得淸楚是兩艘大船。殷素素忽然身子微微一顫，臉色大變。無忌奇道：「媽，怎麼啦？」殷素素口唇動了動，卻沒說話。張翠山握住她手，臉上滿是關切神色。殷素素嘆道：「剛回來便碰見了。」張翠山道：「怎麼？」殷素素道：「你瞧那帆。」

張翠山凝目瞧去，見左首一艘大船上繪著一頭黑色大鷹，展開雙翅，形狀威猛，想起當年在王盤山上所見的天鷹教大旗，心頭一震，說道：「是……是天鷹教的？」殷素素低聲道：「正是，是我爹爹天鷹教的。」

霎時之間，張翠山心頭湧起了許多念頭：「素素的父親是天鷹教教主，這邪教看來無惡不作，我見到岳父時卻怎生處？恩師對我這婚事會有甚麼話說？」只覺手掌中素素的小手在輕輕顫動，想是她也同時起了無數心事，當即說道：「素素，咱們孩子也這麼大了！天上地下，永不分離。你還躭甚麼心？」殷素素吁了一口長氣，回眸一笑，低聲道：「我發過的誓，永遠記得。只盼我不致讓你為難，你一切要瞧在無忌的份上。」

無忌從來沒見過船隻，目不轉瞬的望著那兩艘船，心中說不出的好奇，沒留意爹媽說些甚麼。

木筏漸漸駛近，只見兩艘船靠得極密，竟似貼在一起。倘若方向不變，木筏便會在兩艘船右首數十丈處交叉而過。

張翠山道：「要不要跟船上招呼？探問一下你爹爹的訊息？」殷素素道：「不要招呼，待回到中原，我再帶你和無忌去見爹爹。」張翠山道：「嗯，那也好。」忽見那邊船上刀光閃爍，似有四五人在動武，說道：「兩邊船上的人在動手。」殷素素凝目看了一會，有些躭心，說道：「不知爹爹在不在那邊？」張翠山道：「既然碰上了，咱們便過去瞧瞧。」斜扯風帆，轉動木筏後舵。木筏略向左偏，對著兩艘船緩緩駛去。

木筏雖扯足風帆，行駛仍是極慢，過了好半天才靠近二船。

只聽得天鷹教船上有人高聲叫道：「有正經生意，不相干的客人避開了罷。」殷素素提聲叫道：「聖火熊熊，普惠世人。日月光照，騰飛天鷹！這裏是總舵堂主。那一壇在燒香舉火？」她說的是天鷹教切口。船上那人立即恭恭敬敬的道：「天市堂李堂主，率領青龍壇程壇主、神蛇壇封壇主恭迎。是天微堂殷堂主駕臨嗎？」殷素素朗聲道：「紫微堂堂主。」

那邊船上聽得「紫微堂堂主」五個字，登時亂了起來。稍過片刻，十餘人齊聲叫道：「殷姑娘回來啦，殷姑娘回來啦！」

張翠山雖和殷素素成婚十年，從沒聽她說過天鷹教中的事，他也從來不問，這時聽得兩下裏對答，才知她還是甚麼「紫微堂堂主」，看來「堂主」的權位，還在「壇主」之上。他在王盤山島上，已見過玄武、朱雀兩壇壇主的身手，以武功而論是在殷素素之上，她所以能任堂主，當因是教主之女的緣故，這位「天市堂」李堂主，想必也是個厲害人物。

只聽得對面船上一個蒼老的聲音說道：「聽說敝教教主的千金殷姑娘回來啦，大家暫且罷鬥如何？」另一個高亮的聲音說道：「好！大家住手。」接著兵刃相交之聲一齊停止，相鬥的衆人紛紛躍開。

張翠山聽得那爽朗嘹喨的嗓音很熟，一怔之下，叫道：「是俞蓮舟俞師哥麼？」那邊船上的人叫道：「我正是俞蓮舟……啊……啊……你……你……」

張翠山道：「小弟張翠山！」他心情激動，眼見木筏跟兩船相距尚有數丈，從筏上拾起一根大木，使勁抛出入海，跟著躍起，在大木上一借力，已躍上了對方船頭。

俞蓮舟搶上前來，師兄弟分別十年，不知死活存亡，這番相見，何等歡喜？兩人四手相握，一個叫了聲：「二哥！」一個叫了聲：「五弟！」眼眶中充滿淚水，再也說不出話來。

那邊天鷹教迎接殷素素，卻另有一番排場，八隻大海螺嗚嗚吹起，李堂主站在最前，程封兩壇主站在李堂主身後，其後站著百來名教衆。大船和木筏之間搭上了跳板，七八名水手用長篙鉤住木筏。殷素素攜了無忌的手，從跳板上走了過去。

天鷹教教主白眉鷹王殷天正屬下分爲內三堂、外五壇，分統各路教衆。內三堂是天微、紫微、天市三堂。外五壇是青龍、白虎、玄武、朱雀、神蛇五壇。天微堂堂主是殷天正的長子殷野王，紫微堂堂主便是殷素素，天市堂堂主是殷天正的師弟李天垣。

李天垣見殷素素衣衫襤褸，又是毛，又是皮，還攜著一個孩童，不禁一怔，隨即滿臉堆歡，笑道：「謝天謝地，你回來了，這十年來可不把你爹爹急煞啦！」

殷素素拜了下去，說道：「師叔你好！」對無忌道：「快向師叔祖磕頭。」無忌跪下磕頭，一雙小眼卻骨溜溜望著李天垣。他斗然間見到船上這許多人，說不出的好奇。

殷素素站起身來，說道：「師叔，這是姪女的孩子，叫張無忌。」

李天垣一怔，隨即哈哈大笑，說道：「好極，好極！你爹爹定要樂瘋啦，不但女兒回家，還帶來這麼俊秀的一個小外孫。」

殷素素見兩艘船甲板上都有幾具屍體躺著，四下裏濺滿了鮮血，低聲問道：「對方是誰？爲甚麼動武？」李天垣道：「是武當派和崑崙派的人。」殷素素聽得丈夫大叫「俞師哥」，跟著躍到對方船上，和一個人相擁在一起，早知對方有武當派的人在內，這時聽李天垣一說，便道：「最好別動手，能化解便化解了。」

李天垣道：「是！」他雖是師叔，但在天鷹教中，天市堂排名次於紫微堂，爲內堂之末。論到師門之誼，李天垣是長輩，但在處理教務之時，殷素素的權位反高於師叔。

只聽得張翠山在那邊船上叫道：「素素，無忌，過來見過我師哥。」殷素素攜著無忌的手，向那艘船的甲板走去。李天垣和程封兩壇主怕她有失，緊隨在後。

到了對面的船上，只見甲板上站著七八個人，一個四十餘歲的高瘦漢子和張翠山手拉著手，神態甚是親熱。張翠山道：「素素，這位便是我常常提起的俞二師哥。二哥，這是你弟婦和你姪兒無忌。」

俞蓮舟和李天垣一聽，都大吃一驚。天鷹教和武當派正在拚命惡鬥，那知雙方各有一個重要人物竟是夫婦，不但是夫婦，還生下了孩子。

俞蓮舟心知這中間的原委曲折非片刻間說得清楚，當下先給張翠山引見船上各人。

一個矮矮胖胖的黃冠道人是崑崙派的西華子，一個中年婦人是西華子的師妹閃電手衛四娘，江湖中人背後稱她爲「閃電娘娘」。張翠山和殷素素也曾聽到過他二人的名頭。其餘幾人也都是崑崙派的好手，只名聲沒西華子和衛四娘這般響亮。那西華子年紀雖已不小，卻沒半點涵養，一開口便問：「張五俠，謝遜那惡賊在那裏？你總知道罷？」

張翠山尚未回歸中土，還在茫茫大海之中，便遇上了兩個難題：第一是本門竟已和天鷹教動上了手；第二是人家一上來便問謝遜在那裏。他一時不知如何回答，向俞蓮舟問道：「二哥，到底是怎麼回事？」

西華子見張翠山不答自己問話，不禁焦躁，大聲道：「你沒聽見我的話麼？謝遜那惡賊在那兒？」他在崑崙派中輩份甚高，武功又強，一向是頤指氣使慣了的。

天鷹教神蛇壇封壇主爲人陰損，適才動手時，手下有兩名弟子喪在西華子劍下，本就對他甚爲惱怒，冷冷的道：「張五俠是我教主的愛婿，你說話客氣些。」西華子大怒，喝道：「邪教的妖女，豈能和名門正派的弟子婚配？這場婚事，中間定有糾葛。」封壇主冷笑道：「我殷教主外孫也抱了，你胡言亂語甚麼？」西華子怒道：「這妖女……」

衛四娘早看破了封壇主的用心，知他意欲挑撥崑崙、武當兩派之間的交情，同時又乘機向張翠山和殷素素討好，料知西華子接下去要說出更加不好聽的話來，忙道：「師兄，不必跟他作無謂的口舌之爭，大家且聽俞二俠的示下。」

俞蓮舟瞧瞧張翠山，瞧瞧殷素素，也是疑團滿腹，說道：「大家且請到艙中從長計議。雙方受傷的兄弟，先行救治。」

這時天鷹教是客，而教中權位最高的是紫微堂堂主殷素素。她攜了無忌的手，首先踏進艙中，跟著便是李天垣。

當封壇主踏進船艙時，突覺一股微風襲向腰間。他閱歷何等豐富，立知是西華子暗中偷襲，他竟不出手抵擋，只向前一撲，叫道：「啊喲，打人麼？」這一下將西華子一招「三陰手」避了開去，但這麼一叫，人人都轉過頭來瞧著他二人。

衛四娘瞪了師兄一眼。西華子一張紫膛色的臉上泛出了隱紅。衆人均知既來到此間船上，封壇主等都是賓客，西華子這一下偷襲，頗失名門正派的高手身分。

各人在艙中分賓主坐下。殷素素是賓方首席，無忌侍立在側。主方是俞蓮舟爲首，他指著衛四娘下首的一張椅子道：「五弟，你坐這裏罷。」張翠山應道：「是。」依言就座。這麼一來，張殷夫婦分成賓主雙方，也便是相互敵對的兩邊。

這十年之中，俞岱巖傷後不出，張翠山失蹤，存亡未卜，其餘武當五俠，威名卻又盛了許多。宋遠橋、俞蓮舟等雖是武當派中的第二代弟子，但在武林之中，已隱然可和少林派衆高僧分庭抗禮。江湖中人對武當五俠甚是敬重，因此西華子、衛四娘等尊他坐了首席。

俞蓮舟心下盤算：「五弟失蹤十年，原來和天鷹教教主的女兒結成了夫婦，這時當著衆人之面詢問，他必有難言之隱。」朗聲說道：「我們少林、崑崙、峨嵋、崆峒、武當五派，神拳、五鳳刀等九門，海沙、巨鯨等七幫，一共二十一個門派幫會，爲找尋金毛獅王謝遜、天鷹教殷姑娘，以及敝師弟張翠山三人的下落，和天鷹教有了誤會，不幸互有死傷，十年來武林擾攘不安……」說到這裏，頓了一頓，又道：「天幸殷姑娘和張師弟突然現身，過去許多疑難之事，當可眞相大白。十年中的事故頭緒紛紜，決非片刻間說得清楚。依在下之見，咱們回歸大陸，由殷姑娘稟明教主，敝師弟也回武當告稟家師，然後雙方再擇地會晤，分辨是非曲直，如能從此化敵爲友，那是最好不過……」

西華子突然插口道：「謝遜那惡賊在那兒？咱們要找的是謝遜那惡賊。」

張翠山聽到爲了找尋自己三人，中原竟有二十二個幫會門派大動干戈，十年爭鬥，死傷自必慘重，心中大是不安。耳聽得西華子不住口的詢問謝遜下落，不禁爲難之極，若說了出來，不知有多少武林高手要去冰火島找他報仇，但若不說，卻又如何隱瞞？他正自遲疑，殷素素突然說道：「無惡不作、殺人如毛的惡賊謝遜，在九年前早已死了。」

俞蓮舟、西華子、衛四娘等同聲驚道：「謝遜死了？」

殷素素道：「便在我生育這孩子的那天，那惡賊謝遜狂性發作，正要殺害五哥和我，突然間聽到孩子的哭聲，他心病一起，那胡作妄爲的惡賊謝遜便此死了。」

這時張翠山已然明白，殷素素一再說「惡賊謝遜已經死了」，也可說並未說謊，因自謝遜聽到無忌的第一下哭聲，便即觸發天良，自此收斂狂性，去惡向善，至於逼他三人離島，更是捨己為人、大仁大義的行徑，因此大可說「無惡不作、殺人如毛的惡賊謝遜」已在九年之前死去，而「好人謝遜」則在九年前誕生。

西華子鼻中哼了一聲，他認定殷素素是邪教妖女，她的說話是決計信不過的，厲聲道：「張五俠，那惡賊謝遜真的死了麼？」

張翠山坦然道：「不錯，那胡作非為的惡賊謝遜在九年前便已死了。」

無忌在一旁聽得各人不住的痛罵惡賊謝遜，爹爹媽媽甚至說他早已死了。他雖聰明，但怎能明白江湖上的諸般過節？謝遜待他恩義深厚，對他的愛護照顧絲毫不在父母之下，心中一陣難過，忍不住放聲大哭，叫道：「義父不是惡賊，義父他沒死，他沒有死。」這幾聲哭叫，艙中諸人盡皆愕然。

殷素素狂怒之下，反手便是一記耳光，喝道：「住口！」無忌哭道：「媽，你為甚麼說義父死了？他不是好端端的活著麼？」他一生只和父母及義父三人共處，人間的險詐機心，從來沒碰到過半點，若換作一個在江湖上長大的孩子，即使沒他一半聰明，也知說謊是家常便飯，決不會闖出這件大禍。殷素素斥道：「大人在說話，小孩子多甚麼口？咱們說的是惡賊謝遜，又不是你義父。」無忌心中一片迷惘，但已不敢再說。

西華子微微冷笑，問無忌道：「小弟弟，謝遜是你義父，是不是？他在那裏啊？」無忌看了父母的臉色，知道他們所說的事極關重要，聽西華子這麼問，便搖了搖頭，道：「我不說。」他這「我不說」三個字，實則是更加言明謝遜並未身死。

西華子瞪視張翠山，說道：「張五俠，這位天鷹教的殷姑娘，真是你夫人嗎？」張翠山沒料到他會突然問這句話，朗聲道：「不錯，她便是拙荊。」西華子厲聲道：「我崑崙門下的兩名弟子，毀在尊夫人手下，變成死不死、活不活，這筆帳如何算法？」

張翠山和殷素素都是一驚。殷素素隨即斥道：「胡說八道！」張翠山道：「這中間必有誤會，我夫婦不履中土已有十年，如何能毀傷貴派弟子？」西華子道：「十年之前呢？高則成和蔣立濤兩人被害，算來原已有十年了。」殷素素道：「高則成和蔣立濤？」西華子道：「張夫人還記得這兩人麼？只怕你害人太多，已記不清楚了。」殷素素道：「他二人怎麼了？何以你咬定是我害了他們？」

西華子仰天打個哈哈，說道：「我咬定你，我咬定你？哈哈，高蔣二人雖然成了白痴，卻還能記得一件事，說得出一個人的名字，知道毀得他們如此的，乃是『殷……素……素』！」他對「殷素素」三字一個字一個字的說了出來，語氣中充滿了怨毒，圓睜一對大眼，牢牢瞪視著殷素素，似乎恨不得立時拔劍在她身上刺上幾劍。

封壇主突然接口道：「本教紫微堂堂主的閨名，豈是你出家老道隨口叫得的？連淸規戒律也不守，還充甚麼武林前輩？程大哥，你說世上可恥之事，還有更甚於此的麼？」程壇主接口道：「再沒有了。名門正派之中，竟有這樣的狂徒，可笑啊可笑！」

西華子大怒欲狂，喝道：「你兩個說誰可恥？有甚麼可笑？」

封壇主眼角也不掃他一下，說道：「程大哥，一個人便算學得幾手三腳貓的劍法，行事說話總得也像個人樣子，你說是嗎？」程壇主道：「崑崙派自從靈寶道長逝世之後，那是一代不如一代，越來越不成話了。」

靈寶道長是西華子的師祖，是崑崙三聖何足道的師兄，武功雖不及何足道，但人品德望，武林中人人欽服。西華子紫脹著臉皮，對這句話卻不便駁斥，若說這句話錯了，豈不是說自己還勝過當年名震天下的師祖？他閃身站到了艙口，唰的一聲，長劍出手，叫道：「邪教的惡徒，有種的便出來見個眞章！」

封壇主和程壇主所以要激怒西華子，本意是要爲殷素素解圍，心想張翠山和殷堂主既是夫婦，武當派和天鷹教的關係已大非尋常，便算俞蓮舟和張翠山不便出手，至少也是兩不相助，天鷹教單獨對付崑崙派的幾個，實可穩操勝算。

衛四娘眉頭緊蹙，也已算到了這一節，心想憑著自己和師哥等六七個人，決難抵敵天鷹教這許多高手，何況張翠山夫婦情重，極可能出手相助對方，說道：「師哥，人家來到我們船上，那是賓客，我們聽俞二俠的吩咐便是。」她是用言語擠兌俞蓮舟，心想以你的聲望地位，決不能處事偏私。那知西華子草包之極，大聲道：「他武當派跟天鷹教已結了親家啦，同流合污，他還能有甚麼公正的話說出來？」

俞蓮舟爲人深沉，喜怒不形於色，聽了西華子的話，沉吟不語。

衞四娘忙道：「師哥，你怎地胡言亂語？別說武當派跟我們崑崙派同氣連枝，淵源極深，十年來聯手抗敵，精誠無間，俞二俠更是鐵錚錚的好漢子，英名播於江湖，天下誰不欽仰？他武當五俠爲人處事，豈能有所偏私？」西華子哼了一聲，道：「不見得！」衞四娘心中暗罵師哥胡塗，竟聽不出自己言中之意，大聲道：「師哥，你沒來由的得罪武當五俠，師父與掌門師叔怪罪起來，我可不管。」她口口聲聲只說「武當五俠」，竟沒將張翠山算在其內。西華子聽她抬出師父與掌門師叔來，才不敢再說。

俞蓮舟緩緩的道：「此事關連到武林中各大門派、各大幫會，在下無德無能，焉敢妄作主張？反正這事已擾攘了十年，也不爭在再多花一年半載功夫。在下須得和張師弟回歸武當，稟明恩師和大師兄，請恩師示下。」

西華子冷笑道：「俞二俠這一招『如封似閉』的推搪功夫，果然高明得緊啊！」

俞蓮舟並不輕易發怒，但西華子所說的這招「如封似閉」，正是武當派拳法中天下馳名的守禦功夫，乃恩師張三丰所創，他譏嘲武當武功，便是辱及恩師，但立時轉念：「這事處理稍有失當，便引起武林中一場難以收拾的浩劫。這莽道人胡言亂語，何必跟他一般見識？」

西華子見他聽了自己這兩句話後，眼皮一翻，神光炯炯，有如電閃，不由得心中打了個突：「我師父和掌門師叔是本派最強的高手，眼神的厲害似乎還不及他。」俞蓮舟眼中精光隨即收斂，淡淡的道：「西華道兄如有甚麼高見，在下洗耳恭聽。」西華子給他適才眼神這麼一掃，心膽已寒，轉頭道：「師妹，你說怎麼？難道高蔣二人的事便此罷手不成？」

衛四娘尚未回答，忽聽得南邊號角之聲，嗚嗚不絕。崑崙派的一名弟子走到艙門口，說道：「崆峒派和峨嵋派的接應到了。」西華子和衛四娘大喜。衛四娘道：「俞二俠，不如聽聽崆峒、峨嵋兩派的高見。」俞蓮舟道：「好！」

李天垣和程壇主、封壇主對望了一眼，臉上均微微變色。

張翠山卻又多了一重心事：「峨嵋派還不怎樣，崆峒派卻和大哥結有深仇。他傷過崆峒五老，奪了崆峒派的《七傷拳譜》，他們自然要苦苦追尋他的下落。」

殷素素也轉著這樣的念頭，又想若不是無忌多口，事情便好辦得多，但想無忌從來不說謊話，對謝遜又情義深重，忽然聽到義父死了，自要大哭大叫，原也怪他不得，見他面頰上給自己打了一掌後留下腫起的紅印，不禁憐惜，將他摟在懷裏。無忌兀自不放心，將小嘴湊到母親耳邊，低聲問道：「媽，義父沒死啊，是不是？」殷素素也湊嘴到他耳邊，輕聲道：「沒死。我騙他們的。這些是惡人壞人，他們想去害你義父。」無忌恍然大悟，向每個人都狠狠瞪了一眼，心道：「原來你們都是惡人壞人，想害我義父。」

張無忌從這一天起，才起始踏入江湖，起始明白世間人心的險惡。他伸手撫著臉頰，母親所打的這一掌兀自隱隱生疼。他知這一掌雖是母親打的，實則是爲眼前這些惡人壞人所累。他自幼生長在父母和義父的慈愛羽翼之下，不懂得人間竟有心懷惡意的惡人壞人。謝遜雖跟他說過成崑的故事，但僅爲耳中聽聞，直到此時，才眞正面對他心目中的惡人壞人。

西華子走到跳板中間，忽聽得背後風聲微動，跟著嚓的一聲輕響，腳底忽然一軟，跳板從中斷爲兩截。他急忙拔起身子，一躍之後，腳下虛了，撲通一聲，掉入了海中。

九　七俠聚會樂未央

過了好一會，崆峒和峨嵋兩派各有六七人走進船艙，和俞蓮舟、西華子、衛四娘等見禮。崆峒派為首的是個精乾枯瘦的葛衣老人，峨嵋派為首的則是個中年尼姑。這干人見到天鷹教的李天垣等坐在艙中，都是一愕。西華子大聲道：「唐三爺，靜虛師太，武當派跟天鷹教聯了手啦，這一回咱們可得吃大虧！」

那矮瘦葛衣老人唐文亮是崆峒五老之一，中年尼姑靜虛師太是峨嵋派第四代的第三弟子，都是武林中頗有名望的好手，聽西華子這麼說，都是一怔。靜虛師太為人精細，素知西華子的毛包脾氣，還不怎樣。唐文亮卻雙眼一翻，瞪著俞蓮舟道：「俞二俠，此話可真？」

俞蓮舟還未答話，西華子已搶著道：「人家武當派已和天鷹教結成了親家，張翠山做了殷天正的女婿……」唐文亮奇道：「失蹤十年的張五俠已有了下落？」

俞蓮舟指著張翠山道：「這是我五師弟張翠山，這一位是崆峒派前輩高人，唐文亮唐三爺，你二人多親近親近。」西華子又道：「張翠山和他老婆知道金毛獅王謝遜的下落，卻瞞著不肯說，反而撒個漫天大謊，說道謝遜已經死了。」

唐文亮一聽到「金毛獅王謝遜」的名字，又驚又怒，喝問：「他在那裏？」張翠山道：「此事須得先行稟明家師，請恕在下此刻不便相告。」唐文亮眼中如要噴出火來，喝道：「謝遜這惡賊在那裏？他殺死我的親姪兒，姓唐的不能跟他並立於天地之間，他在那裏？你到底說不說？」最後這幾句話聲色俱厲，竟沒半分禮貌。

殷素素冷冷的道：「閣下似乎也不過是崆峒派中年紀大得幾歲的人物，憑著甚麼，如此這般逼問張五爺？你是武林至尊嗎？是武當派掌門眞人嗎？」

唐文亮大怒，十指箕張，便要向殷素素撲去，但眼見她是個嬌怯怯的少婦，自己是武林中成名的前輩人物，實不便向她動手，強忍怒氣，問張翠山道：「這一位是？」

張翠山道：「便是拙荊。」西華子接口道：「也就是天鷹教殷大教主的千金。哼，邪教妖女，甚麼好東西了？」白眉鷹王殷天正武功精深，迄今爲止，武林中跟他動過手的，還沒一個能擋得住他十招以上。唐文亮一聽這美貌少婦是殷天正的女兒，也不禁心生忌憚，只隨口道：「好，好！好得很！」

靜虛師太自進船艙之後，一直文文靜靜的沒開口，這時才道：「此事原委究竟若何，還請俞二俠示下。」俞蓮舟道：「這件事牽連既廣，爲時又已長達十年，一時三刻間豈能分剖明白。這樣罷，三個月後，敝派在武昌黃鶴樓頭設宴，邀請有關的各大門派幫會赴宴，是非曲直，當衆評論。各位意下如何？」靜虛師太點點頭，道：「如此甚好。」

唐文亮道：「是非曲直，儘可三個月後再論，但謝遜那惡賊藏身何處，還須請張五俠先行示明。」張翠山搖頭道：「此刻實不便說。」唐文亮雖極不滿，但想武當派既和天鷹教聯手，倒也眞惹不起，然公道自在人心，且看他三個月之後，如何向天下羣雄交代，便不再多說，站起身來雙手一拱，道：「如此三個月後再見，告辭。」

西華子道：「唐三爺，咱們幾個搭你的船回去，成不成？」唐文亮道：「好啊，怎麼不成？」西華子向衛四娘道：「師妹，走罷！」他本和俞蓮舟同船而來，這麼一來，顯是將武當派當作了敵人。俞蓮舟不動聲色，客客氣氣的送到船頭，說道：「我們回山稟明師尊，便送英雄宴的請帖過來。」

殷素素忽道：「西華道長，我有一事請教。」西華子愕然回頭，道：「甚麼事？」殷素素道：「道長不住口的說我是邪教妖女，卻不知邪在何事，妖在何處？」西華子一怔，說道：「邪魔外道，狐媚妖淫，那便是了，何必要我多說？否則好好一位武當派張五俠，怎會受你迷惑？嘿嘿，嘿嘿！」說著連聲冷笑。殷素素道：「好，多承指點！」

西華子見自己這幾句話竟將她說得啞口無言，卻也頗出意料之外，聽她沒再說甚麼，便踏上跳板，走向崆峒派的船去。

那兩艘海船都是三帆大船，雖然靠在一起，兩船甲板仍相距兩丈來遠，跳板也就甚長。西華子和殷素素對答了幾句，落在最後，餘人都已過去。他正走到跳板中間，忽聽得背後風聲微動，跟著嚓的一聲輕響。他人雖暴躁，武功卻著實不低，江湖上閱歷也多，一聽到這聲音，便知背後有人暗算，霍地轉身，長劍也已拔在手中。便在此時，腳底忽然一軟，跳板從中斷爲兩截。他急忙拔起身子，但兩船之間空空蕩蕩的無物可資攀援，只見足底是藍森森的大海，一躍之後，腳下虛了，撲通一聲，掉入了海中。

他不識水性，立時咕嚕咕嚕的喝了幾大口鹹水，雙手亂抓亂划，突然抓到了一根繩索，大喜之下，牢牢握住，只覺有人拉動繩索，將他提出水面。西華子抬頭看時，那一端握住繩索的卻是天鷹教程壇主，臉上似笑非笑的瞧著自己。

原來殷素素惱恨他言語無禮，待各人過船之時，暗中吩咐了程封二壇主，安排下計謀。封壇主三十六柄飛刀神技馳名江湖，出手既快且準，每柄飛刀均是高手匠人以精鋼所鑄，薄如柳葉，鋒銳無比，對手若見他飛刀飛來而以兵刃擋架，往往兵刃便給削斷。這時他以飛刀切割跳板，輕輕一劃，跳板已斷，飛刀落入了海裏。程壇主早在一旁準備好繩索，待西華子吃了幾口水後，才將他吊上。

衛四娘、唐文亮等見西華子落水，雖猜到是對方做了手腳，但封壇主出手極快，各人又都望著前面，竟沒瞧見跳板如何截斷，待得各人呼喝欲救時，程壇主已將他吊上。西華子強忍怒氣，只等一上船頭，便出手與對方搏鬥。那知程壇主只將他拉得離水面尺許，便不再拉，叫道：「道長，千萬不可動彈，在下力氣不夠，你一動，我拉不住便要脫手啦！」西華子心想他若裝傻扮痴，又將自己拋入海中，可不是玩的，只得握住繩索，不敢向上攀援。

程壇主叫道：「小心了！」手臂一抖，將長繩甩起半個圈子。他膂力著實了得，這麼一抖，將西華子的身子向後凌空盪出七八丈，跟著前送，將他摔向對船。

西華子放脫繩索，雙足落上甲板。他長劍已在落海時墮水，這時怒發如狂，只聽得天鷹教船上喝采聲和歡笑聲響成一片，立即搶過衛四娘腰間佩劍，便要撲過去拚命。但其時兩船相距已遠，難以縱過，空自暴跳如雷，戟指大罵，更無別法。

殷素素如此作弄西華子，俞蓮舟全瞧在眼裏，心想這女子果然邪門，可不是五弟的良配，說道：「殷李兩位堂主，相煩稟報殷教主，三個月後武昌黃鶴樓頭之會，他老人家倘若不棄，務請駕臨。今日咱們便此別過。五弟，你隨我去見恩師嗎？」張翠山道：「是！」殷素素聽俞蓮舟這話竟是要她夫妻分離，抬頭瞧了瞧天，又低頭瞧了瞧甲板。

張翠山知她之意指的是「天上地下，永不分離」這兩句誓言，便道：「二哥，我帶領你弟婦和孩子先去叩見恩師，得他老人家准許，再去拜見岳父。你說可好？」俞蓮舟微一躊躇，心想硬要拆散他夫妻父子，這句話總說不出口，便點頭道：「那也好。」

殷素素心下甚喜，對李天垣道：「師叔，請你代為稟告爹爹，便說不孝女兒天幸逃得性命，不日便回歸總舵，隨同女婿帶了外孫，來拜見他老人家。」

李天垣道：「好，我在總舵恭候兩位大駕。」站起身來，便和俞蓮舟等作別。

殷素素問道：「我爹爹身子好罷？」李天垣道：「很好，很好！只有比從前更加精神健旺。」殷素素又問：「我哥哥好罷？」李天垣道：「很好！令兄近年武功突飛猛進，做師叔的早已望塵莫及，慚愧得緊。」殷素素微笑道：「師叔又來跟我們晚輩說笑啦。」李天垣正色道：「這可不是說笑，連你爹爹也讚他青出於藍，你說厲害不厲害？」殷素素笑道：「啊喲，師叔當著外人之面，老鼠跌落天秤，自稱自讚，卻不怕俞二俠見笑？」李天垣笑道：「張五俠做了我們姑爺，俞二俠難道還是外人麼？」說著抱拳團團為禮，轉身出艙。

俞蓮舟聽了這幾句話，微皺眉頭，抱拳答禮，卻不說話。

張翠山一等天鷹教眾人離船，忙問：「二哥，三哥的傷勢後來怎樣？他……痊可了罷？」俞蓮舟「嗯」的一聲，良久不答。張翠山甚是焦急，目不轉睛的望著他，心頭湧起一陣不祥之感，生怕他說出一個「死」字來。

俞蓮舟緩緩的道：「三弟沒死，不過跟死也差不了多少。他終身殘廢，手足不能移動。俞岱巖俞三俠，嘿嘿，江湖上算是沒這號人物了。」

張翠山聽到三哥沒死，心頭一喜，但想到一位英風俠骨的師哥竟落得如此下場，忍不住潸然下淚，哽咽著問道：「害他的人是誰？可查出來了麼？」

俞蓮舟不答，一轉頭，突然間兩道閃電般的目光照在殷素素臉上，森然道：「殷姑娘，你可知害我俞三弟的人是誰？」殷素素禁不住身子輕輕一顫，說道：「聽說俞三俠的手足筋骨，是給人用少林派的金剛指力所斷。」俞蓮舟道：「不錯。你不知是誰麼？」殷素素搖了搖頭，道：「不知道。」俞蓮舟不再理她，說道：「五弟，少林派說你殺死臨安府龍門鏢局老小，又殺死了好幾名少林僧人。此事是眞是假？」

張翠山道：「這個……」殷素素插口道：「這不關他事，都是我殺的。」

俞蓮舟望了她一眼，目光中流露出極度痛恨的神色，但這目光一閃即隱，臉上隨即回復平和，說道：「我原知五弟決不會胡亂殺人。爲了這事，少林派曾三次遣人上武當山來理論，但五弟突然失蹤，武林中盡皆知聞，這回事就此沒了對證。我們說少林派害了三弟，少林派說五弟殺了他們數十條人命。好在少林派掌門空聞方丈老成持重，顧全大體，又尊敬恩師，竭力約束門下弟子，不許擅自生事，十年來才沒釀成大禍。」

殷素素道：「都怪我年輕時作事不知輕重好歹，現下我也好生後悔。但人也殺了，咱們給他來個死賴到底，決不認帳便了。」

俞蓮舟臉露詫異之色，向張翠山瞧了一眼，心想這樣的女子你怎能娶她爲妻。

殷素素見他一直對自己冷冷的，口中也只稱「殷姑娘」不稱「弟媳」，心下早已有氣，說道：「一人作事一身當。這事我決不連累你武當派，讓少林派來找我天鷹教便了。」

俞蓮舟板起了臉，朗聲說道：「江湖之上，事事抬不過一個『理』字，別說少林派是當世武林中第一大派，便是無拳無勇的孤兒寡婦，咱們也當憑理處事，不能濫殺無辜，恃強凌弱！」

若在十年之前，俞蓮舟這番義正辭嚴的教訓，早令殷素素老羞成怒，拔劍相向，這時她只聽得張翠山恭恭敬敬的道：「二哥教訓的是。」暗想：「我才不聽你這一套仁義道德呢。但若我衝撞於你，倒令張郎難於做人，我且讓你一步便了。」便攜了無忌的手，走向艙外，說道：「無忌，我帶你去瞧瞧這艘大船，你從來沒見過船，是不？」

張翠山待妻子走出船艙，說道：「二哥，這十年之中，我……」俞蓮舟左手一擺，說道：「五弟，你我肝膽相照，情逾骨肉，便有天大的禍事，二哥也跟你生死與共。你夫妻之事，暫且不必跟我說，回到山上，聽候師父示下便了。師父倘若責怪，咱們七兄弟一齊跪地苦求，你孩子都這般大了，難道師父還會硬要你夫妻父子生生分離？」張翠山大喜，說道：「多謝二哥。」

俞蓮舟外剛內熱，在武當七俠之中最不苟言笑，幾個小師弟對他甚是敬畏，比怕大師兄宋遠橋還厲害得多。其實他於師兄弟上情誼極重，張翠山忽然失蹤，他暗中傷心欲狂，面子上卻忽忽行若無事，今日師兄弟重逢，實是他生平第一件喜事，但還是疾言厲色，將殷素素教訓了一頓，直到此刻師兄弟單獨相對，方始稍露眞情。他最放心不下的，是殷素素殺傷了這許多少林弟子，此事決難善罷，他心中早打定主意，寧可自己性命不在，也要保護師弟一家平安周全。

張翠山又問：「二哥，咱們跟天鷹教大起爭端，可也是爲了小弟夫婦麼？此事小弟實在太過不安。」俞蓮舟不答，卻問：「王盤山之會，到底如何？」

張翠山於是述說如何夜闖龍門鏢局、如何識得殷素素、如何偕赴王盤山參與天鷹教揚刀立威，直說至金毛獅王謝遜如何大施屠戮、奪得屠龍寶刀、逼迫二人同舟出海。

俞蓮舟聽完這番話後，又詢明崑崙派高則成和蔣立濤二人之事，沉吟半晌，才道：「原來如此。倘若你終於不歸，不知這中間的隱秘到何日方能揭開。」張翠山道：「是啊，我義兄……嗯，二哥，那謝遜其實並非怙惡不悛之輩，他所以如此，實是生平一件大慘事逼成，此刻我已和他義結金蘭。」俞蓮舟點了點頭，心想：「這又是一件棘手之極的事。」

張翠山續道：「我義兄一吼之威，將王盤山上衆人盡數震得神智失常，他說這等人即使不死，也都成了白痴，那麼他得到屠龍刀的秘密，便不會洩漏了。」

俞蓮舟道：「這謝遜行事狠毒，但確也是個奇男子，不過他百密一疏，終於忘了一個人。」張翠山道：「誰啊？」俞蓮舟道：「白龜壽。」

張翠山道：「天鷹教的玄武壇壇主？」俞蓮舟道：「正是。依你所說，當日王盤山島上羣豪之中，除謝遜之外，以白龜壽的內功最爲深厚。他給謝遜的酒箭一沖，暈死了過去，後來謝遜作獅子吼，白龜壽倘若好端端地，只怕也抵不住他的一吼……」

張翠山一拍大腿，道：「是了，其時白龜壽暈在地下未醒，聽不到吼聲，反保得神智清醒。我義兄雖心思細密，卻也沒想到此節。」

俞蓮舟嘆了口氣，道：「從王盤山上生還而神智不失的，只白龜壽一人。崑崙派的內功有獨到之處，但高蔣二人功力尚淺，自此痴痴呆呆，成了廢人。旁人問他二人，到底是誰害得他們這個樣子，蔣立濤只搖頭不答，高則成卻自始至終說著一個人的名字：殷素素。」他頓了一頓，又道：「這時我方明白，原來他是心中念念不忘弟妹。哼，下次西華子再出言不遜，瞧我怎生對付他。他崑崙弟子行止不謹，還來怪責人家。」

張翠山道：「白龜壽既神智不失，他該明白一切原委啊。」俞蓮舟道：「可他就偏不肯說。你道爲甚麼？」張翠山略加尋思，已然明白，說道：「是了，天鷹教想去搶奪屠龍寶刀，不肯吐露這獨有的訊息，因此始終推說不知。」俞蓮舟道：「今日武林中的大紛爭便是為此而起。崑崙派說殷素素害了高蔣二人，我師兄弟也都道你已遭了天鷹教毒手。」

張翠山道：「小弟前赴王盤山之事，是白龜壽說的麼？」俞蓮舟道：「不，他甚麼也不肯說。我和四弟、六弟同到王盤山踏勘，見到你用鐵筆寫在山壁上的那二十四個大字，才知你也參與了天鷹教的『揚刀立威之會』。我們三人在島上找不到你的下落，自是去找白龜壽詢問。他言語不遜，動起手來，給我打了一掌。不久崑崙派也有人找上門去，卻吃了個大虧，讓天鷹教殺了兩人。十年來雙方的仇怨竟愈結愈深。」

張翠山甚是歉仄，說道：「為了小弟夫婦，竟讓各門派弟子無辜遭難，我心中如何能安？小弟稟明師尊之後，當分赴各門派解釋誤會，領受罪責。」

俞蓮舟嘆了口氣道：「這是陰錯陽差，原也怪不得你。那日師父派我和七弟趕赴臨安，保護龍門鏢局，但行至江西上饒，遇上了一件大不平事，我二人沒法不出手，就擱了幾日，救了十餘個無辜之人的性命，待得趕到臨安，龍門鏢局的案子已然發了。本來嘛，倘若單是為了你夫婦二人，也只崑崙、武當兩派和天鷹教之間的糾葛，但天鷹教為了要奪屠龍刀，始終不提謝遜名字，於是巨鯨幫、海沙派、神拳門這些幫會門派，都把幫主和掌門人的血海深仇一齊算在天鷹教頭上。天鷹一教，成為江湖上衆矢之的。」

張翠山嘆道：「其實那屠龍刀有甚麼了不起，我岳父何苦如此代人受過？」

俞蓮舟道：「我從未和令岳會過面，但他統領天鷹教獨抗羣雄，硬撐了十年，這份魄力氣概，所有與他爲敵之人，也都不禁欽服。」

張翠山道：「少林、峨嵋、崆峒等門派，並未參與王盤山之會啊，怎地也跟天鷹教結了怨仇？」俞蓮舟道：「此事卻是因你義兄謝遜而起了。天鷹教爲了想得那屠龍刀，接二連三的派遣海船，遍訪各處海島，找尋謝遜的下落。須知紙包不住火，白龜壽的口再密，消息還是洩漏了出來。你這義兄曾冒了『混元霹靂手成崑』之名，在大江南北做過三十幾件大案，各門各派成名人物死在他手下的不計其數，此事你可知麼？」

張翠山黯然點頭，低聲道：「人家終於知道是他幹的了。」俞蓮舟道：「他每做一件案子，便在牆上大書『殺人者混元霹靂手成崑也』，其時我們奉了師命，曾一同下山查訪，當時誰也不知眞兇是誰，那成崑也始終不曾露面。後來消息終於漏出，天鷹教得知謝遜的下落，各門各派中深於智謀之人便連帶想起，那謝遜本是成崑的唯一傳人，又知他師徒不知何故失和，翻臉成仇，然則冒成崑之名殺人的，多半便是謝遜了。你想謝遜害過多少人，牽連何等廣大？連少林派的空見大師也死在他拳下，你想想有多少人欲得他而甘心？」

張翠山神色慘然，說道：「我義兄雖已改過遷善，但雙手染滿了這許多鮮血……唉，二哥，我心亂如麻，不知如何是好。」

俞蓮舟道：「咱們師兄弟為了你而找天鷹教，崑崙派為了高蔣二人而找天鷹教，巨鯨幫他們為了幫主慘死而找天鷹教，更有以少林派為首的許多白道黑道人物，為了逼問謝遜的蹤跡而找天鷹教。這些年來，雙方大戰過五場，小戰不計其數。雖然天鷹教每一次大戰均落下風，但你岳父居然在羣雄圍攻之下苦撐不倒，實在算得是位人傑。當然，少林、武當、峨嵋等名門正派，以事情眞相未曾明白，中間隱晦難解之處甚多，看來天鷹教並非眞正的罪魁禍首，是以處處為對方留下餘地，但一般江湖人物卻出手決不客氣。這一次我們得到訊息，天鷹教天市堂李堂主乘船出海找尋謝遜，我們便暗中跟了下來，只盼能查到一些蛛絲馬跡。那知李堂主瞧出情形不對，硬不許我們跟隨，崑崙派便跟他們動起手來。倘若你夫婦的木筏不在此時出現，雙方又得損折不少好手了。」

張翠山默然，細細打量師哥，見他兩鬢斑白，額頭亦添了不少皺紋，說道：「二哥，這十年之中，你可辛苦啦。我百死餘生，終於能見你一面，我……我……」

俞蓮舟見他眼眶濕潤，說道：「武當七俠重行聚首，正是天大喜事。自從三弟受傷，你又失蹤，江湖上改稱我們為『武當五俠』，嘿嘿，今日起七俠重振聲威……」但想到俞岱巖手足殘廢，七俠之數雖齊，然而要像往昔一般，師兄弟七人聯袂行俠江湖，終究是再也不能的了，不禁悽愴心酸。

海舟南行十數日，到了長江口上，一行人改乘江船，溯江西上。

張翠山夫婦換下了襤褸的皮毛衣衫，兩人宛似瑤台雙璧，風采不減當年。無忌穿上了新衫新褲，頭上用紅頭繩紮了兩根小辮子，甚是活潑可愛。

俞蓮舟潛心武學，無妻無子，對無忌甚爲喜愛，只他生性嚴峻，沉默寡言，神色間卻冷冷的。無忌心知這位冷口冷面的師伯其實對己極好，一有空閒，便纏著師伯問東問西。他生於荒島，陸地上的事物甚麼也沒見過，看來事事透著新鮮。俞蓮舟竟不感厭煩，常抱著他坐在船頭，觀看江上風景。無忌問上十句八句，他便短短的回答一句。

這一日江船到了安徽銅陵的銅官山腳下，天色向晚，江船泊在一個小市鎮旁。船家上岸去買肉沽酒。俞蓮舟和張翠山夫婦在艙中煮茶閒談。

無忌獨自在船頭玩耍，見碼頭旁有個年老的乞丐坐在地下玩蛇，頸中盤了一條青蛇，手中舞弄著一條黑身白點的大蛇。那條黑蛇忽兒盤到了他頭上，一忽兒橫背而過，甚是靈動。無忌在冰火島上從來沒見過蛇，看得甚是有趣。那老丐見到了他，向他笑了笑，手指一彈，那黑蛇突然躍起，在空中打了個觔斗，落下時在他胸口盤了幾圈。無忌大奇，目不轉睛的瞧著。那老丐向他招了招手，做了幾個手勢，示意他走上岸去，還有好戲法變給他看。

無忌當即從跳板走上岸去。那老丐從背上取下一個布囊，張開了袋口，笑道：「裏面還有好玩的東西，你來瞧瞧。」無忌道：「甚麼東西？」那老丐道：「挺有趣的，你一看便知道了。」無忌探頭過去，往囊中瞧去，但黑黝黝的看不見甚麼。他又移近一些，想瞧個明白，那老丐突然雙手一翻，將布袋套上了他的腦袋。無忌「啊」的一聲叫，嘴巴已給那老丐隔袋按住，跟著身子也給提了起來。

他這一聲從布袋之中呼出，聲音低微，但俞蓮舟和張翠山已然聽見。兩人雖在艙中，相隔甚遠，已察覺呼聲不對，同時奔到船頭，見無忌已遭那老丐擒住。

兩人正要飛身躍上岸去，那老丐厲聲喝道：「要保住孩子性命，便不許動。」說著撕破無忌背上衣服，將黑蛇之口對準他背心皮肉。

這時殷素素也已奔到船頭，見愛兒遭擒，急怒攻心，便欲發射銀針。俞蓮舟雙手一攔，喝道：「使不得！」他認得這黑蛇叫「漆裏星」，乃著名毒蛇，身子越黑，毒性愈烈。這黑蛇身子黑得發亮，身上白點也閃閃發光，張開大口，露出四根獠牙，對準著無忌背上的細皮白肉，這一口咬了下去，無忌頃刻間便即斃命，縱使擊斃那老丐，獲得解藥，未必能及時解救。俞蓮舟不動聲色，問道：「尊駕跟這小小孩童爲難，想幹甚麼？」

那老丐道：「你命船家起錨開船，離岸五六丈，我再跟你說話。」俞蓮舟知他怕自己突然躍上岸去，明知船一離岸，救人更加不易，但無忌在他挾制之下，只得先答允了再說，便握住錨鍊，手臂微微一震，一隻五十來斤的鐵錨應手而起，從水中飛了上來。

那老丐見俞蓮舟手臂輕抖，鐵鍊便已飛起，功力之精純，實所罕見，不禁臉上微微變色。張翠山提起長篙，在岸上一點，坐船緩緩退向江心。那老丐道：「再退開些！」張翠山憤然道：「難道還沒五六丈遠麼？」那老丐微笑道：「俞二俠手提鐵錨的武功如此了得，便在五六丈外，在下仍不能放心。」張翠山只得又將坐船撐退丈餘。

俞蓮舟抱拳道：「請教尊姓大名。」那老丐道：「在下是丐幫中的無名小卒，賤名沒的污了俞二俠尊耳。」俞蓮舟見他背上負了六隻布袋，心想這是丐幫中的六袋弟子，位份已算不低，如何竟幹出這等卑污行逕來？何況丐幫素來行事仁義，他們幫主史火龍是條鐵錚錚的好漢子，江湖上大大有名，這事可眞奇了。

殷素素忽然叫道：「東川巫山幫投靠了丐幫麼？我瞧丐幫中沒閣下這一份字號？」那老丐「咦」的一聲，還未回答，殷素素又道：「賀老三，你搗甚麼鬼。你只要傷了我孩子的一根毫毛，我把你們的梅石堅，連同你賀老三剁做十七廿八塊！」

那老丐吃了一驚，說道：「殷姑娘果然好眼力，連我賀老三這等無名小卒也認得。在下正是受梅幫主的差遣，前來恭迎公子。」殷素素怒道：「快把毒蛇拿開！你這巫山幫小小幫會，好大的膽子！竟惹到天鷹教頭上來啦。」賀老三道：「只須殷姑娘一句話，賀老三立時送回公子，梅幫主親自登門賠罪。」殷素素道：「要我說甚麼話？」

賀老三道：「我們梅幫主的獨生公子死在謝遜手下，殷姑娘想必早有聽聞。梅幫主求懇張五俠和殷姑娘……不，小人失言，該當稱張夫人，求懇兩位開恩，示知那惡賊謝遜的下落，敝幫合幫上下，盡感大德。」殷素素秀眉一揚，說道：「我們不知道。」賀老三道：「那只有懇請兩位代爲打聽打聽。我們好好侍候公子，一等兩位打聽到了謝遜的去處，梅幫主自當親身送還公子。」

殷素素眼見毒蛇的獠牙和愛子的背脊相距不過數寸，心下一陣激動，便想將冰火島之事說了出來，轉頭向丈夫望了一眼，卻見他一臉堅毅之色。她和張翠山十年夫妻，知他爲人極重義氣，自己如爲救愛子而洩漏了謝遜住處，倘若義兄因此死於人手，只怕夫妻之情也就難保，話到口邊，卻又忍住不說。

張翠山朗聲道：「好，你把我兒子擄去便是。大丈夫豈能出賣朋友？你可把武當七俠瞧得忒也小了。」

賀老三一愣，他只道將無忌一擒到，張翠山夫婦非吐露謝遜的訊息不可，那知張翠山竟如此斬釘截鐵的回答，一時倒也沒了主意，說道：「俞二俠，那謝遜罪惡如山，武當派主持公道，武林中人所共仰，還請你勸兩位一勸。」

俞蓮舟道：「此事如何處理，在下師兄弟正要回歸武當，稟明恩師，請他老人家示下。武昌黃鶴樓英雄大會，請貴幫梅幫主和閣下同來與會，屆時是非曲直，自有交代。你先將孩子放下。」

他離岸六七丈，說這幾句話時絲毫沒提氣縱聲，但賀老三聽來，一字一句清清楚楚，便如接席而談一般，心下好生佩服，暗想：「武當七俠威震天下，果然名不虛傳。這一次我們破釜沉舟，幹出這件事來，小小巫山幫又怎惹得起武當派和天鷹教？但梅幫主殺子之仇，不能不報。」躬身說道：「既是如此，小人多有得罪，只有請張公子赴東川一行。」

突然之間，殷素素伸掌向站在船舷邊的一名水手背上重重一推，跟著飛起左腳，又踢下另一名水手。兩名水手啊啊大叫，撲通、撲通的跌入水中，水花高濺。

殷素素大叫：「啊喲，啊喲，五哥，你幹麼打我？」在船頭縱身大叫大跳。俞蓮舟與張翠山愕然，都不知她何以如此。賀老三遙遙望見奇變陡生，更詫異之極。

俞蓮舟只一轉念間便即明白，眼見賀老三目瞪口呆，當即拔出長劍，運勁擲出。嗤的一聲響，長劍飛越半空，激射過去，將「漆裏星」毒蛇的蛇頭斬落，連賀老三抓住毒蛇的四根手指也一起削下。當俞蓮舟長劍出鞘之時，張翠山已抓住繫在桅桿頂上的繂索，雙足在船頭一登，抓著繂索從半空中盪了過去。他比俞蓮舟的長劍只遲到了片刻，足未著地，半空中探身而前，左手砰的一掌，將賀老三擊得翻出幾個觔斗，右手已將無忌抱過。賀老三口吐鮮血，委頓在地，再也站不起來。

兩名水手游向岸邊，不知殷素素何以發怒，不敢回上船來。殷素素笑吟吟的叫道：「兩位大哥請上船來，適才多有得罪，對不住了！每位二兩銀子，請你們喝酒。」

江船溯江而上，偏又遇著逆風，舟行甚緩。張翠山和師父及諸師兄弟分別十年，急欲會見，到了安慶後便想捨舟乘馬。俞蓮舟卻道：「五弟，咱們還是坐船的好，雖然遲到幾天，但坐在船艙之中，少生事端。今日江湖之上，不知有多少人要查問你義兄的下落。」殷素素道：「我們和二伯同行，難道有人敢阻俞二俠的大駕？」俞蓮舟道：「我們師兄弟七人聯手，或者沒人能阻得住，單是我和五弟二人，怎敵得過源源而來的高手？何況只盼此事能善加罷休，又何必多結冤家？」張翠山點頭道：「二哥說的不錯。」

舟行數日，過了江夏、武昌，西行到了襄陽路。這晚來到灌子灘，舟子泊了船，準擬過夜。俞蓮舟忽聽得岸上馬嘶聲響，向艙外一張，只見兩騎馬剛掉轉馬頭，向鎮上馳去。馬上乘客只見到背影，但身手便捷，顯是會家子。他轉頭向張翠山道：「在這裏只怕要惹是非，咱們連夜走罷。」張翠山道：「好！」心下好生感激。武當七俠自下山行道以來，武藝既高，行事又正，只有旁人聞風遠避，從沒避過人家。近年來俞蓮舟威名大震，便崑崙、崆峒這些名門大派的掌門人，名聲也尚不及他響亮，但這次見到兩個無名小卒的背影，便不願在富池口逗留，自是爲了師弟一家三口之故。

俞蓮舟將船家叫來，賞了他四兩銀子，命他連夜開船。船家雖然疲倦，但四兩銀子已是幾個月的伙食之資，自是大喜過望，當即拔錨啓航。

這一晚月白風清，無忌已自睡了，俞蓮舟和張翠山夫婦在船頭飲酒賞月，望著浩浩大江，胸襟甚爽。

張翠山道：「恩師百歲大壽轉眼即至，小弟竟能趕上這件武林中罕見的盛事，老天爺可說待我不薄了。」殷素素道：「就可惜倉卒之間，我們沒能給他老人家好好備一份壽禮。」俞蓮舟道：「弟妹，你可知我恩師在七個弟子之中，最喜歡誰？」殷素素笑道：「他老人家最得意的弟子，自然是你二伯。」俞蓮舟笑道：「你這句話可是言不由衷，心中明明知道，卻故意說錯。我們師兄弟七人，師父日夕掛在心頭的，便是你這位英俊夫郎。」殷素素心下甚喜，搖頭道：「我不信。」

俞蓮舟道：「我們七人各有所長，大師哥深通老莊之學，沖淡弘遠，道家的修爲最深。三師弟精明強幹，師父交下來的事，從沒錯失過一件。四師弟機智過人。六師弟劍術最精。七師弟近年來專練外門武功，他日內外兼修、剛柔合一，那是非他莫屬……」殷素素道：「二伯你自己呢？」俞蓮舟道：「我資質愚魯，一無所長，勉強說來，師傳的本門武功，算我練得最刻苦勤懇些。」

殷素素拍手笑道：「你是武當七俠中武功第一，自己偏謙虛不肯說。」

張翠山道：「我們七兄弟之中，向來是二哥武功最好。十年不見，小弟更加望塵莫及。唉，少受恩師十年教誨，小弟是退居末座了。」言下不禁頗有悵惘之意。

俞蓮舟道：「可是我七兄弟中，文武全才，唯你一人。弟妹，我跟你說一個秘密。五年之前，恩師九十五歲壽誕，師兄弟稱觴祝壽之際，恩師忽然大爲不歡，說道：『我七個弟子之中，悟性最高，文武雙全，惟有翠山。我原盼他能承受我的衣缽，唉，可惜他福薄，五年來存亡未卜，只怕是凶多吉少了。』你說，師父是不是最喜歡五弟？」

殷素素笑靨如花，心中甚喜。張翠山感激無已，不禁流下淚來。

俞蓮舟道：「現下五弟平安歸來，送給恩師的壽禮，再沒比此更重的了。」

正說到此處，忽聽得岸上隱隱傳來馬蹄聲響。蹄聲自東而西，靜夜中聽來分外清晰，共是四騎。三人對望了一眼，心知這四乘馬連夜急馳，多半與己有關。三人雖不想惹事，又豈是怕事之輩？當下誰也不提。

俞蓮舟道：「我這次下山時，師父正自閉關靜修。盼望咱們上山時，他老人家已經開關。」殷素素道：「我爹爹昔年跟我說道，他一生欽佩的人物只有兩位，一位是明教陽教主，他已去世了，此外便只尊師張眞人。連少林派的『見聞智性』四大高僧，我爹爹也不怎麼佩服。張眞人今年百歲高齡，修持之深，當世並無其匹。現下還要閉關，是修練長生不老之術麼？」俞蓮舟道：「不是，恩師是在精思武功。」殷素素微微一驚，道：「他老人家武功早已深不可測，還鑽研甚麼？難道當世還能有人是他敵手？」

俞蓮舟道：「恩師自九十五歲起，每年都閉關九個月。他老人家言道，我武當派的武功，主要得自一部《九陽眞經》。可是恩師當年蒙覺遠祖師傳授眞經之時，年紀太小，又全然不會武功，覺遠祖師也非有意傳授，只是任意所之，說些給他聽，因之本門武功總尚有缺陷。恩師心想於《九陽眞經》旣所知不全，難道自己便創制不出？他每年閉關苦思，便是想自開一派武學，與世間所傳的各門各派武功全然不同。」

張翠山和殷素素聽了，都慨然讚歎。

俞蓮舟道：「當年聽得覺遠祖師背誦《九陽眞經》的，共有三位。一是恩師，一是少林派的無色大師，另一位是個女子，便是峨嵋派的創派祖師郭襄郭女俠。」殷素素道：「我曾聽爹爹說，郭女俠是位大有來頭的人物，她父親是郭靖郭大俠，母親是丐幫黃幫主黃蓉，當年襄陽失陷，郭大俠夫婦雙雙殉難。」

俞蓮舟道：「正是。我恩師當年曾與郭大俠夫婦在華山絕頂有一面之緣，每當提起他兩位爲國爲民的仁風俠骨，常說我等學武之人，終身當以郭大俠夫婦爲模楷。」他出神半晌，續道：「當年傳得《九陽眞經》的三位，悟性各有不同，根柢也大有差異。武功是無色大師最高；郭女俠是郭大俠和黃幫主之女，所學最博；恩師當時武功全無根基，但侍奉覺遠祖師最久，自幼便得傳授，可說傳承最多。是以少林、峨嵋、武當三派，一個得其『高』，一個得其『博』，一個得其『純』。三派武功各有所長，但也可說各有所短。」殷素素道：「那麼這位覺遠祖師，武功之高，該是百世難逢了。」

俞蓮舟道：「不！覺遠祖師不會武功。他在少林寺藏經閣中監管藏經，這位祖師愛書成癖，無經不讀，無經不背。他無意中看到《九陽眞經》，便如唸金剛經、法華經一般記在心中，至於經中所載博大精深的武學，他雖也有領悟，但所練的只是內功，武術卻全然不會。」於是將《九陽眞經》如何失落，從此湮沒無聞的故事說了給她聽。

這事張翠山早聽師父說過，殷素素卻第一次聽到，極感興趣，說道：「原來峨嵋派上代與武當派還有這樣的淵源。這位郭襄郭女俠，怎地又不嫁給張眞人？」

張翠山微笑斥道：「你又來胡說八道了。」

俞蓮舟道：「恩師與郭女俠在少室山下分手之後，此後沒再見過面。恩師說，郭女俠心中念念不忘於一個人，那便是在襄陽城外飛石擊死蒙古大汗的神鵰大俠楊過。郭女俠走遍天下，沒再能跟楊大俠相會，在四十歲那年忽然大徹大悟，便出家爲尼，後來開創了峨嵋一派。」殷素素「哦」的一聲，不禁深爲郭襄難過，轉眼向張翠山瞧去。張翠山的目光也正轉過來。兩人四目交投，均想：「我倆天上地下永不分離，比之這位峨嵋創派祖師郭女俠，可幸運得多了。」

俞蓮舟平日沉默寡言，有時接連數日可一句話也不說，但自和張翠山久別重逢之下，欣喜逾常，談鋒也健了起來。他和殷素素相處十餘日後，覺她本性其實不壞，只因自幼耳濡目染，所見所聞者盡是邪惡之事，這才善惡不分，任性殺戮，但和張翠山成婚十年，氣質已大有變化，因之初見時對她的不滿之情，已逐漸消除，覺得她坦誠率眞，比之名門正派中某些迂腐自大之士，反而更具眞性情。

這時忽聽得馬蹄聲響，又自東方隱隱傳來，不久蹄聲從舟旁掠過，向西而去。張翠山只作沒聽見，說道：「二哥，倘若師父邀請少林、峨嵋兩派高手，共同研討，截長補短，三派武功都可大進。」

俞蓮舟伸手在大腿上一拍，道：「照啊，師父說你是將來承受他衣鉢門戶之人，果眞一點也不錯。」張翠山道：「恩師只因小弟不在身邊，這才時致思念。浪子若遠遊不歸，在慈母心中，卻比隨侍在側的孝子更加好了。其實小弟此時的修爲，別說和大哥、二哥、四哥相比固遠遠不及，便六弟、七弟，也定比小弟強勝得多。」

俞蓮舟搖頭道：「不然。目下以武功而論，自是你不及我。但恩師的衣鉢傳人，負有昌大武學的重任。恩師常自言道，天下如此之大，武當一派是榮是辱，何足道哉？但若能精研武學奧秘，愼擇傳人，使正人君子的武功，非邪惡小人所能及；再進而相結天下義士，驅除韃虜，還我河山，這才算是盡了我輩武學之士的本分。因此恩師的衣鉢傳人，首重心術，次重悟性。說到心術，我師兄弟七人無甚分別，悟性卻以你爲最高。」

張翠山搖手道：「那是恩師思念小弟，一時興到之言。就算恩師眞有此意，小弟也萬萬不敢承當。」

俞蓮舟微微一笑，道：「弟妹，你去護著無忌，別讓他受了驚嚇，外面的事有我和五弟料理。」殷素素極目遠眺，不見有何動靜，正遲疑間，俞蓮舟道：「岸上灌木之中，刀光閃爍，伏得有人。前邊蘆葦中必有敵舟。」

殷素素遊目四顧，但見四下裏靜悄悄的絕無異狀，心想只怕是你眼花了罷？

忽聽得俞蓮舟朗聲說道：「武當山俞二、張五，道經貴地，請恕禮數不周。那一位朋友倘若有興，請上船來共飲一杯如何？」他這幾句話一完，忽聽得蘆葦中槳聲響動，六艘小船飛也似的划了出來，一字排開，攔在江心。一艘船上嗚的一聲，射出一枝響箭，南岸一排矮樹中竄出十餘個勁裝結束的漢子，一色黑衣，手中各持兵刃，臉上卻蒙了黑帕，只露出眼睛。

殷素素心下好生佩服：「這位二伯名不虛傳，當眞了得。」見敵人甚衆，忙回進艙中，無忌已然驚醒。殷素素給他穿好衣服，低聲道：「乖孩兒，不用怕。」

俞蓮舟又道：「前面當家的是那一位朋友，武當俞二、張五問好。」但六艘小船中除了後梢的槳手之外不見有人出來，更無人答話。

俞蓮舟忽地省悟，叫道：「不好！」翻身躍入江中。他自幼生長於長江之畔，水性極佳，剛一下江，只見四個漢子手持利錐，潛水而來，顯是想錐破船底，將舟中各人生擒活抓。他隱身船側，待四人遊近，雙手分別點出，已中兩人穴道，跟著一腳踢中了第三人腰間「志室穴」。第四人一驚欲逃，俞蓮舟左手已抓住他小腿，甩上船來。他想那三人穴道受點，勢必要溺死在江中，於是一一抓起，拋在船頭，這才翻身上船。

那第四個漢子在船頭打了個滾，縱身躍起，挺錐向張翠山胸口刺落。張翠山見他武功平常，也不閃避，左手一探，抓住他手腕，跟著左肘挺出，撞中了他胸口穴道。那漢子一聲輕哼，便即摔倒。

俞蓮舟道：「岸上似乎有幾個好手，禮數已到，不理他們，衝下去罷！」張翠山點了點頭，吩咐船家只管開船。慢慢駛近那六艘小船時，俞蓮舟提起那四個漢子，拍開他們身上穴道，擲了過去。但說也奇怪，對方舟中固然沒人出聲，岸上那十餘個黑衣人也悄無聲息，竟個個都如啞巴一般。那四個潛水的漢子鑽入艙中，不再現身。

座船剛和六艘小舟並行，便要掠舟而過之時，一艘小舟上的一名槳手突然右手揚了兩下，砰砰兩聲，木屑紛飛，座船船舵已然炸毀，船身登時橫過。原來那槳手擲出的是兩枚漁家炸魚用的漁炮，只是製得特大，多裝火藥，炸力甚強。

俞蓮舟不動聲色，輕輕躍上對方小舟，他藝高人膽大，仍是一雙空手。

小舟上的槳手手持木槳，眼望前面，對他躍上船來竟毫不理會。俞蓮舟喝道：「是誰擲的漁炮？」那槳手木然不答。俞蓮舟搶進艙去，艙中對坐著兩個漢子，見他進艙，仍一動不動，絲毫不現迎敵之意。俞蓮舟一把揪住他頭頸，提了起來，喝道：「你們瓢把子呢？」那人閉目不答。俞蓮舟是武林一流高手身分，不願以武力逼問，當即回到後梢，只見張翠山和殷素素也已抱著無忌過來小舟。

俞蓮舟奪過木槳，逆水上划。只划得幾下，殷素素叫道：「毛賊放水！」船艙中江水湧將上來。原來小舟中各人拔開艙底木塞，放水入船。俞蓮舟躍到第二艘小舟時，見舟中也已小半船水。他回頭說道：「五弟，既是非要咱們上岸不可，那就上去罷！」那六艘小舟顯是事先安排好了，作爲請客上岸的跳板。三人帶同無忌，躍上岸去。

岸上十餘名蒙著臉的黑衣漢子早就排成了個半圓形，將四人圍在弧形之內。這十餘人手中所持大都均是長劍，另一小半或持雙刀，或握軟鞭，沒一個使沉重兵刃。

俞蓮舟抱臂而立，自左而右的掃視一遍，神色冷然，並不說話。

中間一個黑衣漢子右手一擺，衆人忽地向兩旁分開，各人微微躬身，手中兵器刃尖向地，抱拳行禮，讓出路來。俞蓮舟還了一禮，昂然而過。這干人待俞蓮舟走出圈子，忽地向中間一合，封住了道路，將張翠山等三人圍住，青光閃爍，兵刃一齊挺起。

張翠山哈哈一笑，說道：「各位原來衝著張某人而來。擺下這等大陣仗，可將張翠山忒也瞧得重了。」中間那黑衣漢子微一遲疑，垂下劍尖，又讓開了道路。

張翠山道：「素素，你先走！」殷素素抱著無忌正要走出，猛地裏風聲響動，五柄長劍一齊指住了無忌。殷素素一驚，急忙倒退。那五人跟著踏步而前，劍尖不住顫動，始終不離無忌身周尺許。

俞蓮舟雙足一點，倏地從人叢之外飛越而入，雙手連拍四下，每一記都拍在一個黑衣人的手腕之上，四柄指著無忌的長劍接連飛入半空。這四下拍擊出手奇快，四柄長劍竟似同時飛上。他左手跟著反手擒拿，抓住了第五人的手腕，中指順勢點了那人腕上穴道，但覺著手處柔軟滑膩，似是女子之手，急忙放開。那人手腕痲痺，噹的一聲，長劍落地。

那五人長劍脫手，急忙退開。月光下青光閃動，又有兩柄長劍刺了過來，但見劍刃平刺，鋒口向著左右，每人使的都是一招「大漠平沙」，劍勢不勁，似無傷人之意。

俞蓮舟心道：「崑崙劍法！原來是崑崙派的。」待劍尖離胸將近三寸，突然胸口一縮，雙臂迴環，左手食指和右手食指同時擊在劍刃的平面之上。這兩下敲擊中使上了武當心法，照理對方長劍非出手不可，豈知手指和劍刃相觸，陡覺劍刃上傳出一股柔勁，竟將他這一擊之力化解了一小半，長劍並未脫手。但那二人終究抵擋不住，騰騰騰退出三步。一人站立不定，摔倒在地，另一人「啊喲」一聲，吐出一口鮮血。

自六艘小舟橫江以來，對方始終沒一人出過聲，這時「啊喲」一聲驚呼，聲音柔脆，聽得出是女子口音。中間那黑衣人左手輕擺，各人轉身便走，頃刻間消失在灌木之後。但見這干人大半身材苗條，顯是穿了男裝的女子。

俞蓮舟朗聲道：「俞二、張五拜上鐵琴先生，請恕無禮了。」那些黑衣人並不答話，隱隱聽得有人輕聲一笑，乃女子之聲。

殷素素將無忌放下地來，緊緊握住他手，說道：「這些大半是女子啊。二伯，她們都是崑崙派的麼？」俞蓮舟道：「不，是峨嵋派的。」張翠山奇道：「峨嵋派的？你怎說拜上『鐵琴先生』？」

俞蓮舟嘆道：「她們自始至終不出一聲，臉上又以黑帕蒙住，那自是不肯以眞面目示人了。五劍指住無忌，那是崑崙派的『寒梅劍陣』。兩人平劍刺我，又使崑崙派的『大漠平沙』。她們既冒充崑崙派，我便將錯就錯，提一提崑崙派掌門鐵琴先生何太沖。」

殷素素道：「你怎知她們是峨嵋派的？認出了人麼？」

俞蓮舟道：「不，這些人功力都不算深，想是當今峨嵋掌門滅絕師太的徒孫一輩，或許是她的小弟子，我並不認得。但她們以柔勁化解我指擊劍刃的功夫，確是峨嵋心法。要學別派的招式陣法不難，但一使到內勁，眞相就瞞不住了。」

張翠山點頭道：「二哥以指擊劍，她們還是撒劍的好，受傷倒輕。峨嵋派的內功本是極好的，只是未有適當功力便貿然運使，遇上高手，不免要吃大虧。二哥倘若眞將她們當作敵人，這兩個女娃娃早就屍橫就地了。可是峨嵋派跟咱們向來是客客氣氣的啊。」

俞蓮舟道：「恩師少年之時，受過峨嵋派開派祖師郭襄女俠的好處，因此他老人家諄諄告誡，決不可得罪了峨嵋門下弟子，以保昔年的香火之情。我以指擊劍，發覺到對方內勁不對時，收勢已然不及，終於傷了二人。雖是無心之失，總違了恩師的訓示。」

殷素素笑道：「好在你最後說是向鐵琴先生請罪，不算正面得罪了峨嵋派。」

這時他們的座船早已順水流向下游，影蹤不見。六艘小舟均已沉沒，舟中槳手濕淋淋的一個個爬上岸來。殷素素道：「這些都是峨嵋派的麼？」俞蓮舟低聲道：「多半是巢湖的糧船幫。」殷素素望了一眼地下的五柄長劍，俯身想拾起瞧瞧。俞蓮舟道：「別動她們兵刃，若劍上刻得有名字，咱們以後便沒法假作不知。這就走罷！」殷素素這時對這位二伯敬服得五體投地，應道：「是！」攜了無忌之手，走向江岸大道。

經過一叢灌木，只見數丈外的一株大柳樹上繫著三匹健馬。無忌喜呼起來：「有馬，有馬！」他在冰火島上從未見過馬匹，來到中土後，一直想騎一騎馬，只是一路乘船，始終未得其便。四人走近馬匹，見柳樹上釘著一張紙條。

張翠山取下看時，見紙上寫道：「敬奉坐騎三匹，以謝毀舟之罪。」字是炭條寫的，倉卒之際，字跡甚是潦草，筆致柔軟，顯是女子手筆。殷素素笑道：「峨嵋派姑娘們畫眉用的炭筆，今日用來寫字條給武當大俠。」俞蓮舟道：「她們倒也客氣得很。」解下馬匹，三人分別乘坐。無忌坐在母親身前，大為興奮。

張翠山道：「反正咱們形跡已露，坐船騎馬都是一般。」俞蓮舟道：「不錯。前邊道上必定尙有波折，倘若迫不得已要出手，下手千萬不可重了。」他適才無意間傷了兩名峨嵋門下弟子，心下耿耿不安。

殷素素好生慚愧，心想：「二伯只不過下手重了一些，本意亦非傷人，不過逼對方撤劍，她們自行硬挺，這才受傷。比之我當年肆意殺了這許多少林門人，過錯之輕重，眞不可同日而語了。一人作事一身當，以後不可再讓二伯爲難。」說道：「二伯，這干人全是衝著我夫婦而來，對你可恭敬得很。前面要是再有阻攔，由弟妹打發便是，倘眞不行，再請你出手相援。」

兪蓮舟道：「你這話可見外了。咱兄弟同生共死，分甚麼彼此？」殷素素不便再說，問道：「他們明知二伯跟我夫婦在一起，怎地只派些年輕的弟子來攔截？」兪蓮舟道：「想是事急之際，不及調動人手。而且年輕弟子，大家不識，輸了也不打緊。」

張翠山見了適才峨嵋派衆女的所爲，料是爲了尋問謝遜的下落而來，說道：「原來義兄跟峨嵋派也結下了樑子，我在冰火島上卻沒聽他說起過。」兪蓮舟嘆道：「峨嵋派門規極嚴，派中又大多是女弟子。滅絕師太自來不許女弟子們隨便行走江湖。這次峨嵋派竟也跟天鷹敎爲難，我們當時頗感詫異，直到最近方始明白，原來河南蘭封金瓜錘方評方老英雄有一晚突然被害，牆上留下了『殺人者混元霹靂手成崑也』十一個血字。」

殷素素問道：「那方評是峨嵋派的麼？」兪蓮舟道：「不是。滅絕師太俗家姓方，那方老英雄是滅絕師太的親哥哥。」張翠山和殷素素同時「哦」的一聲。

無忌忽然問道：「二伯，那方老英雄是好人還是壞人？」俞蓮舟道：「聽說方老英雄種田讀書，從不和人交往，自然不是壞人。」無忌道：「唉，義父這般胡亂殺人，那就不該了。」俞蓮舟大喜，輕舒猿臂，將他從殷素素身前抱了過來，撫著他頭，說道：「孩子，你知道不能胡亂殺人，二伯很歡喜。人死不能復生，便罪孽深重、窮凶極惡之輩，也不能隨便下手殺他，須得讓他有一條悔改之路。」

無忌道：「二伯，我求你一件事。」俞蓮舟道：「甚麼？」無忌道：「倘若他們找到了義父，你要他們別殺他。因爲義父眼睛瞎了，打他們不過。」俞蓮舟沉吟半晌，道：「這件事我答允不了。我能勸得了的便勸，但我自己，決計不殺他便是。」無忌呆呆不語，眼中垂下淚來。

天明時四人到了一個市鎭，在客店中睡了半日，午後又再趕路。有時殷素素和丈夫共乘一騎，讓無忌一試控轡馳騁之樂。無忌究是孩子心情，騎了一會馬，爲謝遜擔憂的心事也便淡忘了。

一路無話，不一日過了漢口。這天午後將到安陸，忽見大路上有十餘名客商急奔下來，見了俞蓮舟等四人，急忙搖手，叫道：「快回頭，快回頭，前面有韃子兵殺人擄掠。」一人對殷素素道：「你這娘子忒也大膽，碰到了韃子兵可不是當耍的。」俞蓮舟問道：「有多少韃子？」一人道：「十來個，凶惡得緊哩。」說著便向東逃竄而去。

武當七俠生平最恨的是元兵殘害良民。張三丰平素督訓甚嚴，門人不許輕易和人動手，但若遇到元兵肆虐作惡，對之下手卻不必容情。因此武當七俠如遇上大隊元兵，只有走避，若見少數元兵行兇，往往便下手除去。俞張二人聽說只十來名元兵，心想正好爲民除害，便縱馬迎了上去。

行出三里，果聽得前面有慘呼之聲。張翠山一馬當先，見十餘名元兵手執鋼刀長矛，正攔住了數十個百姓大肆殘暴。地下鮮血淋漓，已有七八個百姓身首異處。一名元兵提起一個三四歲的孩子，用力一腳，將他高高踢起，那孩子在半空中大聲慘呼，落下來時另一名元兵又揮足踢上，將他如同皮球般踢來踢去。只踢得幾腳，那孩子早沒了聲息，已然斃命。張翠山怒極，從馬背上飛躍而起，人未落地，砰的一拳，已擊在一名伸腳欲踢孩子的元兵胸口。那元兵哼也沒哼一聲，軟癱在地。另一名元兵挺起長矛，往張翠山背心刺到。

無忌驚叫：「爹爹小心！」張翠山回過身來，笑道：「你瞧爹爹打韃子兵。」但見長矛離胸口已不到半尺，左手倏地翻轉，抓住矛桿，跟著向前一送，矛柄撞在那元兵胸口。那元兵大叫一聲，翻倒在地，眼見不活了。

衆元兵見張翠山如此勇猛，發一聲喊，四下裏圍上。殷素素縱身下馬，搶過元兵手中長刀，砍翻了兩個。衆元兵見勢頭不對，落荒逃竄，這些元兵兇惡成性，便在逃走之時，仍揮刀亂殺百姓。俞蓮舟大怒，叫道：「別讓韃子走了。」急奔向西，攔住四名元兵的去路。張翠山和殷素素也分頭攔截。三人均知元兵雖然兇惡，武功卻平常，無忌比他們要強得多，不用分心照顧。

無忌跳下馬來，見二伯和父母縱躍如飛，拍手叫道：「好，好！」突然之間，那名給張翠山用矛桿撞暈的元兵霍地躍起，伸臂抱住無忌，翻身躍上馬背，縱馬疾馳。

俞蓮舟和張翠山夫婦大驚，齊聲呼喊，發足追趕。俞蓮舟兩個起落，已奔到馬後，左手拍出一掌，身隨掌起，按到了那元兵後心。那元兵竟不回頭，倏地反擊一掌。波的一聲響，雙掌相交，俞蓮舟只覺對方掌力猶如排山倒海相似，一股極陰寒的內力衝將過來，霎時間全身寒冷透骨，身子晃了幾下，倒退了三步。

那元兵的坐騎也吃不住俞蓮舟這一掌的震力，前足突然跪地。那元兵抱著無忌，順勢前躍，已縱出丈餘，展開輕身功夫，頃刻間奔出了十餘丈。

張翠山跟著追到，見二哥臉色蒼白，受傷竟然不輕，急忙扶住。

殷素素心繫愛子，沒命的追趕，但那元兵輕身功夫極高，越追越遠，到後來只見遠處大道上一個黑點，轉了一個彎，再也瞧不到了。殷素素怎肯死心，只是疾追。她不再想到這元兵既能掌傷俞蓮舟，自己便算追上了，也決非他敵手，心中只一個念頭：「便性命不保，也要奪回無忌。」

俞蓮舟低聲道：「快叫弟妹回來，從長……從長計議。」張翠山挺起長矛，刺死了身前的兩名元兵，問道：「傷得怎樣？」俞蓮舟道：「不礙事，先……先將弟妹叫回來要緊。」張翠山生怕騰下來的元兵之中尚有好手在內，自己一走開，他們便過來向俞蓮舟下手，當下四下裏追逐，一個個的盡數搠死，這才拉過一匹馬來，上馬向西追去。

趕出數里，只見殷素素兀自狂奔，但腳步蹣跚，顯已筋疲力盡。張翠山俯身將她抱上馬鞍。殷素素手指前面，哭道：「不見了，追不到啦，追不到啦。」雙眼一翻，暈了過去。張翠山終是掛念俞蓮舟的安危，心道：「該當先顧二哥，再顧無忌。」勒轉馬頭，奔了回來，見俞蓮舟正閉目打坐，調勻氣息。

過了一會，殷素素悠悠醒轉，叫道：「無忌，無忌！」俞蓮舟慘白的臉色也漸轉紅潤，睜開眼來，低聲道：「好厲害的掌力！」張翠山聽師兄開口說話，知道性命已然無礙，這才放心，但仍不敢跟他言語。俞蓮舟緩緩站起，低聲問道：「無影無蹤了罷？」殷素素哭道：「二伯，怎……怎麼是好？」俞蓮舟道：「你放心，無忌沒事。這人武功高得很，決不會傷害小孩。」殷素素道：「可是……可是他擄了無忌去啦。」

俞蓮舟點了點頭，左手扶著張翠山肩頭，閉目沉思，隔了好一會，睜眼說道：「我想不出那人是何門派，咱們上山去問師父。」殷素素大急，說道：「二伯，怎生想個法兒，先奪回無忌。那人是何門派，不妨日後再問。」俞蓮舟搖了搖頭。

張翠山道：「素素，眼下二哥身受重傷，那人武功又如此高強，咱們便尋到了他，也無可奈何。」殷素素急道：「難道便……便罷了不成？」張翠山道：「不用咱們去尋他，他自會來尋咱們。」

殷素素原甚聰明，只因愛子遭擄這才驚惶失措，這時一怔之下，已然明白。那元兵武功如此了得，連俞蓮舟也給他一掌震傷，自然是假扮的。他打傷俞蓮舟後，再要取他夫婦二人性命絕非難事，但只將無忌擄去，用意自在逼問謝遜下落。當時張翠山長矛隨手一撞，那人便假裝昏暈，其時三人誰也沒留心他的身形相貌，此刻回想，那人依稀似是滿腮虬髯，和尋常元兵也沒甚分別。

張翠山將師兄抱上馬背，自己拉著馬韁，三騎馬緩緩而行。到了安陸，找一家小客店歇了。張翠山吩咐店夥送來飯菜後，就此閉門不出，生怕遇上元兵，又生事端。

他三人在途中殺死這十餘名元兵後，料知大隊元兵過得數日便會來大舉殘殺劫掠，報復洩忿，附近百姓不知將有多少遭殃。但當時遇上這等不平之事，在勢又不能袖手不顧。這正是亡國之慘，莽莽神州，人人均在劫難之中。

俞蓮舟潛運內力，在周身穴道流轉療傷。張翠山坐在一旁守護。殷素素倚在椅上，卻又怎睡得著？到得中夜，俞蓮舟站起身來，在室中緩緩走了三轉，舒展筋骨，說道：

「五弟，我一生之中，除了恩師之外，從未遇到過如此高手。」

殷素素終是記掛愛兒，說道：「他擄去無忌，定是要逼問義兄的下落，不知無忌肯不肯說。」張翠山昂然道：「無忌倘若說了出來，還能是我們的孩兒麼？」殷素素道：「對！他一定不會說的。」突然哇的一聲哭了出來。張翠山忙問：「怎麼啦？」殷素素哽咽道：「無忌不說，那惡賊……那惡賊定會逼他打他，說不定還會用……用毒刑。」

俞蓮舟嘆了口氣。張翠山道：「玉不琢，不成器，讓這孩子經歷些艱難困苦，未必沒好處。」他話是這麼說，但想到愛子此時不免宛轉呻吟，正在忍受極大痛楚，又不勝悲憤憐惜。然而若他這時正平平安安的睡著，那定已說出了謝遜的下落，如此忘恩負義，卻比挨受毒刑又壞得多。張翠山心想：「寧可他即刻死了，也勝於做無義小人。」轉眼望了妻子一眼，見她目光中流露出哀苦乞憐的神色，驀地一驚：「那惡賊倘若趕來，以無忌的性命相脅，說不定素素便要屈服。」問道：「二哥，你好些了麼？」

他師兄弟自幼同門學藝，一句話一個眼色之間，往往便可心意相通。俞蓮舟一瞧他夫婦二人的神色，已明白張翠山用意，說道：「好，咱們連夜趕路。」

三人乘黑繞道，儘揀荒僻小路而行。三人最害怕的，倒不是那人追來下手殺了自己，而是怕他在自己眼前，將諸般慘酷手段加於無忌之身。

如此朝宿宵行，差幸一路無事。但殷素素心懸愛子，山中夜騎，又受了風露，忽然生起病來。張翠山僱了兩輛騾車，讓俞蓮舟和殷素素分別乘坐，自己騎馬在旁衛護。這日過了襄陽，到太平店鎮上一家客店投宿。

張翠山安頓好了師兄，正要回自己房去，忽然一條漢子掀開門帘，闖進房來。這漢子身穿青布短衫褲，手提馬鞭，打扮似是個趕腳的車夫。他向俞張二人瞪了一眼，冷笑一聲，轉身便走。張翠山知他不懷好意，心下惱他無禮，眼見那漢子摔下的門帘盪向身前，左手抓住門帘，暗運內勁，向外送出。門帘的下襬飛了起來，啪的一聲，結結實實打在他背心。

那漢子身子一晃，跌了個狗吃屎，爬起身來，喝道：「武當派的小賊，死到臨頭，還敢逞兇！」口中這般說，腳下卻不敢有絲毫停留，逕往外走，但腳步踉蹌，適才吃門帘這麼一擊，受創竟然不輕。

俞蓮舟瞧在眼裏，並不說話。到得傍晚，張翠山道：「二哥，咱們動身罷！」俞蓮舟道：「不，今晚不走，明天一早再走。」張翠山微一轉念，已明白了他心意，登時豪氣勃發，說道：「不錯！此處離本山已不過兩天路程。咱師兄弟再不濟，也不能墮了師門威風。在武當山腳下，兀自朝宿晚行的趕路避人，那算甚麼話？」

俞蓮舟微笑道：「反正行藏已露，且瞧瞧武當派的弟子如何死到臨頭。」

兩人一齊走到張翠山房中，並肩坐在炕上，閉目打坐。這一晚紙窗之外，屋頂之上，總有七八人來來去去的窺伺，但再也不敢進房滋擾了。殷素素昏昏沉沉的睡著。俞張二人也不去理會屋外敵人。次日用過早飯後動身。俞蓮舟坐在騾車之中，叫車夫去了車廂的四壁，四邊空蕩蕩地，便於觀看。

只走出太平店鎮甸數里，便有三乘馬自東追了上來，跟在騾車之後，相距十餘丈，不即不離的躡著。再走數里，見前面四名騎者候在道旁，待俞蓮舟一行過去，四乘馬便跟在後面。數里之後，又有四乘馬加入，前後已共有十一人。趕車的驚慌起來，悄聲對張翠山道：「客官，這些人路道不正，遮莫是強人？須得小心在意。」張翠山點了點頭。

在中午打尖之處，又多了六人。這些人打扮各不相同，有的衣飾富麗，有的卻似販夫走卒，但人人身上均帶兵刃。一干人隻聲不出，聽不出口音，但大都身材瘦小、膚色黝黑，似乎來自南方。到得午後，已增到二十一人。有幾個大膽的縱馬逼近，到距騾車兩三丈處這才勒馬不前。俞蓮舟在車中只管閉目養神，正眼也不瞧他們一下。

傍晚時分，迎面兩乘馬奔了下來。當先乘者是個長鬚老者，空著雙手。第二騎的乘者卻是個艷裝少婦，左手提著一對雙刀。兩騎馬停在大道正中，擋住了去路。

張翠山強抑怒氣，在馬背上抱拳說道：「武當山俞二、張五這廂有禮，請問老爺子尊姓大名。」那老者皮笑肉不笑的說道：「金毛獅王謝遜在那裏？你只須說了出來，我們決不跟武當弟子爲難。」張翠山道：「此事在下不敢作主，須得先向師尊請示。」

那老者道：「俞二受傷，張五落單。你孤身一人，不是我們這許多人的敵手。」說著伸手腰間，取出一對判官筆來，判官筆的筆尖鑄作蛇頭之形。

張翠山外號「銀鉤鐵劃」，右手使判官筆，於武林中使判官筆的點穴名家無一不知，一見這對蛇頭雙筆，心中一凜。他當年曾聽師父說過，高麗有一派使判官筆的，筆頭鑄作蛇形，其招數和點穴手法跟中土大不相同，大抵是取毒蛇的陰柔毒辣之性，招術滑溜狠惡，這一派叫做「青龍派」，派中出名的高手只記得姓泉，名字叫甚麼卻連師父也不知道，於是抱拳說道：「前輩是高麗青龍派的麼？不知跟泉老爺子如何稱呼？」

那老者微微一驚，心想：「瞧你也不過三十來歲年紀，卻恁地見識廣博，竟知道我來歷。」這老者便是高麗青龍派的掌門人，名叫泉建男，是嶺南「三江幫」幫主卑詞厚禮的從高麗聘請而來。他到中土未久，從未出過手，想不到一露面便給張翠山識破，蛇頭雙筆一擺，說道：「老夫便是泉建男。」

張翠山道：「高麗青龍派跟中土武林向無交往，不知武當派如何得罪了泉老英雄，還請明示。」泉建男道：「老夫跟閣下無冤無仇，我們高麗人也知中原有個武當派，武當七俠是行俠仗義的好男子。老夫只想請問：金毛獅王謝遜躲在那裏？」

他這番話雖不算無禮，但詞鋒咄咄逼人，同時判官筆這麼一擺，跟在騾車之後的人眾便四下分散，團團圍上，顯是若不明言謝遜的下落，便只有動武一途。

張翠山道：「倘若在下不願說呢？」泉建男道：「張五俠武藝了得，我們人數雖多，自量也留你不住。但俞二俠身上負傷，尊夫人正在病中，我們有此良機，只好乘人之危，想把兩位留下。張五俠自己就請便罷。」他說中國話咬字不準，聲音尖銳，聽來加倍刺耳。

張翠山聽他說得這般無恥，「乘人之危」四個字自己先說了出來，說道：「好，既是如此，在下便領教領教高麗武學的高招。倘若泉老英雄讓得在下一招半式，那便如何？」泉建男笑道：「如果我輸了，大夥兒便一擁而上，我們可不講究甚麼單打獨鬥那一套。倘若武當派人多，你們也可倚多為勝啊。從前中國隋煬帝、唐太宗、唐高宗侵我高麗，那一次不是以數十萬大軍攻我數萬兵馬？自來相鬥，總是人多的佔便宜。」

張翠山心知今日之事多說無益，若能將他擒住作為要脅，當可逼得他手下人眾不敢侵犯二哥和素素，於是身形一起，輕飄飄的落下馬背，左足著地，左手已握住爛銀虎頭鉤，右手握著鑌鐵判官筆，說道：「你是客人，請進招罷！」他原來的判官筆十年前失落於大海之中，現下手中這枝筆在兵器鋪中新購未久，尺寸份量雖不甚就手，卻也可將就用得。

泉建男也躍下馬來，雙筆互擊，錚的一聲，右筆虛點，左筆尚未遞出，身子已繞到張翠山側方。張翠山尋思：「今日我是為義兄的安危而戰，素素跟我夫婦一體，她和義兄也有金蘭之誼，爲他喪命，那也罷了。但二哥跟義兄並不相識，若爲了義兄而讓二哥蒙受恥辱，那可萬萬不該。」見泉建男右手蛇頭筆點到，伸鉤一格，手上只使了二成力。鉤筆相交，他身子微微一晃。

泉建男大喜，心想：「三江幫那批人把武當七俠吹上了天去，卻也不過如此。想是中原武人要面子，將本國人士說得加倍厲害些。」左手筆跟著三招遞出。張翠山左支右絀，勉力擋架，便還得一鉤一筆，也虛軟乏勁。泉建男心想今日將武當七俠中的張五俠收拾下來，這番來到中土可說一戰成名，當下雙筆飛舞，招招向張翠山的要害點去。

張翠山將門戶守得極爲嚴密，凝神細看對方招數，但見他出招輕靈，筆上頗具韌力，所點穴道偏重下三路及背心，和中土各派點穴名手的武功果然大不相同。再鬥一陣，見他左手判官筆所點，都是背心自「靈台穴」以下的各穴，自靈台、至陽、筋縮、中樞、脊中、懸樞、命門、陽關、腰俞、以至尾閭骨處的長強穴；右手判官筆所點，則是腰腿上各穴，自五樞、維道、環跳、風市、中瀆以至小腿上的陽陵穴。張翠山心下了然，他左手筆專點「督脈諸穴」，右手筆專點「足少陽膽經諸穴」，看似繁複，其實大有理路可尋，暗想：「當年師父曾說，高麗青龍派的點穴功夫專走偏門，雖然狠辣，並不足畏。今日一見，果是如此。」他一摸清對方招式，銀鉤鐵筆雖上下揮舞，其實裝模作樣，只須護住督脈諸穴及足少陽膽經諸穴，其餘身上穴道，不必理會。

泉建男愈鬥精神愈長，大聲吆喝，威風凜凜。張翠山心道：「憑著這點兒武功，居然也到武當山腳下來撒野！」突然間左手銀鉤使招「龍」字訣中的一鉤，嗤的一響，鉤中了泉建男右腿的風市穴。泉建男「啊」的一聲，右腿跪地。張翠山右手筆電光石火般連連顫動，自他靈台穴一路順勢直下，使的是「鋒」字訣中最後一筆的一直，便如書法中的顫筆，至陽、筋縮、中樞、脊中、懸樞、命門……直至長強，在他「督脈」的每一處穴道上都點了一下。

這一筆下來，疾如星火，氣吞牛斗，泉建男那裏還能動彈？這一筆所點各穴，正是他畢生所鑽研的諸處穴道，暗想：「罷了，罷了！對方縱是泥塑木雕，我也不能一口氣連點他十處穴道。我便要做他徒弟也差得遠了。」

張翠山銀鉤鉤尖指住泉建男咽喉，喝道：「各位且請退開！在下請泉老英雄送到武當山腳下，便解他穴道放還！」心想這些人看來都是他的下屬，定當心有所忌，就此退開。豈知那艷裝少婦舉起雙刀，叫道：「併肩子齊上，把驟車扣了。」

張翠山喝道：「誰敢上來，我先將這人斃了！」那少婦冷笑一聲，叫道：「大夥兒上啊！」縱馬舞刀衝上，竟絲毫沒將泉建男放在心上。原來這少婦是三江幫中的一名舵主，他們這次大舉出動，用意在劫持俞蓮舟和殷素素，逼問謝遜的下落。泉建男不過是三江幫的客卿，既不能爲本幫效力，則死於敵手，也無足惜。

張翠山吃了一驚，看來便殺了泉建男仍無濟於事，見六七名漢子搶到殷素素車前，六七名漢子搶到俞蓮舟車前，只少數幾人和那少婦圍住了自己，正沒做理會處，俞蓮舟忽然朗聲道：「六弟，出來把這些人收拾了罷！」

張翠山一愕：「二哥擺空城計麼？」忽聽得半空中一聲清嘯，一人叫道：「是！五哥，你好啊，想煞小弟了。」數丈外的一株大槐樹上縱落一條人影，長劍顫動，走向前來，正是六俠殷梨亭到了。張翠山喜出望外，大叫：「六弟，我好想念你啊！」

三江幫中早分出數人上前截攔，只聽得啊喲啊喲、叮叮噹噹之聲不絕，每人手腕的「神門穴」上逐一中劍，逐一撒下兵刃。這「神門穴」在手掌後銳骨之端，中劍之後，手掌再也使不出半點力道。殷梨亭不疾不徐的漫步揚長而來，遇有敵人上前阻擋，他長劍一顫，嗆啷一聲，便有一件兵刃落地。那少婦回身喝道：「你是武當……」嗆啷、嗆啷兩聲，她雙手各執一刀，雙刀落地時便有兩下聲響。

張翠山大喜，說道：「師父的『神門十三劍』創制成功了。」原來這「神門十三劍」共有一十三記招數，每記招式各不相同，但所刺之處，全是敵人手腕的「神門穴」。張翠山十年前離武當之時，張三丰甫有此意，和弟子們商量過幾次，但若干疑難之處尚未想通。此時殷梨亭使將出來，三江幫的硬手竟沒人能抵擋得一招。張翠山只看得心曠神怡，但見殷梨亭每一劍刺出，盡皆精妙絕倫，只使了五六記招式，「神門十三劍」尚未使到一半，三江幫幫眾已有十餘人手腕中劍，撒下了兵刃。

那少婦叫道：「散水，散水！鬆人啊！」幫眾有的騎馬逃走，有的不及上馬，便此轉身急奔。張翠山拍開泉建男身上穴道，拾起蛇頭雙筆，插在他腰間。泉建男滿面羞慚，向張翠山抱拳行禮，狼狽而去，竟不和三江幫幫眾同行。

殷梨亭還劍入鞘，緊緊握住了張翠山的手，喜道：「五哥，我想得你好苦！」張翠山笑道：「六弟，你長高了。」他二人分別之時，殷梨亭還只十八歲，十年不見，已自瘦瘦小小的少年變爲長身玉立的青年。當下張翠山攜著殷梨亭的手，去和妻子相見。

殷素素病得沉重，點頭笑了笑，低聲叫了聲：「六叔！」殷梨亭笑道：「五嫂也姓殷，那好極了，不但是我嫂子，還是我姊姊。」

張翠山道：「究是二哥了得。你躲在那大樹上，我一直不知，二哥卻早瞧見了。」殷梨亭當下說起趕來應援的情由。

原來四俠張松溪下山採辦師父百歲大壽應用的物事，見到兩名江湖人物鬼鬼祟祟，路道不正，心下起疑：「我武當派威震天下，難道還有甚麼大膽之徒到我武當山來捋虎鬚？」暗中躡著，偷聽兩人說話，才知張翠山從海外歸來，已和二哥俞蓮舟會合，「三江幫」和「五鳳刀」都想截攔，逼問謝遜的下落。張松溪大喜過望，匆匆回山，其時山上只殷梨亭一人，兩人便分頭赴援，均想：有俞二、張五在一起，那些小小的幫會門派徒然自取其辱，怎能奈何得他二人。只是他們急於和張翠山相會，早見一刻好一刻，這才迎接出來。至於俞蓮舟已然受傷之事，那兩個江湖人物並未說起，張殷二人並沒知曉。張松溪去打發「五鳳刀」門中派來的兩個好手。這三江幫一路，便由殷梨亭逐走。

俞蓮舟嘆道：「若非四弟機警，今日咱武當派說不定要丟個大人。」張翠山愧道：「單憑小弟一人之力，保護不了二哥。唉，離師十年，小弟和各位兄弟實在差得太遠了。」

殷梨亭笑道：「五哥說那裏話來？小弟就是不出手，三江幫那些傢伙，五哥打發起來，還不是輕而易舉？只不過你定然先顧二哥，說不定五嫂會受點兒驚嚇。你適才打敗那高麗老頭兒的功夫，師父就沒傳授第二個。你這次回山，師父他老人家一歡喜，不知會有多少精妙的功夫傳你，只怕你學也學不及呢。這『神門十三劍』的招術，我便說給你聽如何？」他師兄弟情深，久別重逢，殷梨亭恨不得將十年來所學的功夫，頃刻間便盡數說給五哥知道。兩人並肩而行，殷梨亭又比又劃，說個不停。

當晚四人在仙人渡客店中歇宿，殷梨亭便要和張翠山同榻而臥。張翠山也眞喜歡這個小師弟，見他雖又高又大，仍跟從前一般依戀自己，暌別十年，生死茫茫，不意又得相聚，狂喜之下，胸中溫馨之意洋溢。武當七俠中莫聲谷年紀最小，但自幼便少年老成，反而殷梨亭顯得比師弟稚弱。張翠山年紀跟他相差不遠，殷梨亭自入門後，張翠山一向便對他照顧特多。

俞蓮舟笑道：「五弟有了嫂子，你還道是十年之前麼？五弟，你回來得正好，咱們喝了師父的壽酒之後，跟著便喝六弟的喜酒了。」張翠山大喜，鼓掌笑道：「妙極，妙極！新娘子是那一位名門之女？」殷梨亭臉一紅，忸怩著不說。

俞蓮舟道：「便是漢陽金鞭紀老英雄的掌上明珠。」張翠山伸了伸舌頭，笑道：「六弟倘若頑皮，這金鞭當頭砸將下來，可不是玩的。」俞蓮舟微微一笑，說道：「紀姑娘是使劍的。幸好那日江邊蒙面的諸女之中，沒紀姑娘在內。」張翠山一驚，道：「紀姑娘是峨嵋門下？」

俞蓮舟點了點頭，道：「咱們在江邊遇到的峨嵋諸女武功平平，不會有紀姑娘在內。否則爲了五弟妹，卻得罪了六弟妹，人家可要怪我這二伯偏心了。咱們這位未過門的六弟妹人品既好，武功又佳，名門弟子，畢竟不凡，和六弟當眞是天生一對……」他說到這裏，忽然想起殷素素是邪教教主的女兒，自己這麼稱讚紀姑娘，只怕張翠山心有感觸，正想亂以他語，忽聽得一人走到房門口，說道：「俞爺，有幾位爺們來拜訪你老人家，說是你的朋友。」卻是店小二的聲音。

俞蓮舟道：「誰啊？」店小二道：「一共六個人，說甚麼『五鳳刀』門下的。」師兄弟三人都是一凜，心想張松溪去打發「五鳳刀」一路的人馬，怎地敵人反找上門來了，難道張松溪有甚失閃？張翠山道：「我去瞧瞧。」他怕二哥受傷未愈，在店中跟敵人動手不甚妥善。俞蓮舟卻道：「請他們進來罷。」

一會兒進來了五個漢子、一個容貌俊秀的少婦。張翠山和殷梨亭空著雙手，站在俞蓮舟身側戒備。卻見這六人垂頭喪氣，臉有愧色，身上也沒帶兵刃，渾不像是前來生事的模樣。領頭一人頭髮花白，四十來歲年紀，恭恭敬敬的抱拳行禮，說道：「三位是武當俞二俠、張五俠、殷六俠？在下五鳳刀門下弟子孟正鴻，請問三位安好。」

俞蓮舟等三人拱手還禮，心下都暗自奇怪。俞蓮舟道：「孟老師好，各位請坐。」孟正鴻卻不就坐，說道：「敝門向在山西河東，門派窄小，久仰武當山張眞人和七俠的威名，當眞是如雷貫耳，只無緣拜見。今日到得武當山下，原該上山去叩見張眞人，但聽聞張眞人百歲高齡，清居靜修，我們粗魯武人，也不敢冒昧去打擾他老人家的清神。三位回山後還請代為請安，便說山西五鳳刀門下弟子，祝他老人家千秋康寧，福壽無疆。」俞蓮舟本因受傷未愈，坐在炕上，聽他說到師父，忙扶著殷梨亭的肩頭下炕，恭敬站立，說道：「不敢，不敢，在下這裏謝過。」

孟正鴻又道：「我們僻處山西鄉下，眞如井底之蛙，見識淺陋，也不知天高地厚，竟然大膽妄爲，擅自來到貴地。今蒙武當諸俠寬宏大量，反而解救我們的危難，在下感激不盡，今日特地趕來，一來謝恩，二來謝罪，萬望三位大人不記小人過。」說著躬身下拜。張翠山伸手扶住，說道：「孟老師請勿多禮。」

孟正鴻囁囁嚅嚅，想說又不敢說。俞蓮舟道：「孟老師有何吩咐，但說不妨。」孟正鴻道：「在下求俞二俠賞一句話，便說武當派不再見怪，我們回去好向師父交代。」俞蓮舟微微一笑，道：「各位遠道自山西來鄂，想是爲打聽金毛獅王謝遜的下落，不知那金毛獅王跟貴門有何過節？」孟正鴻慘然道：「家兄孟正鵬慘死於謝遜掌下。」

俞蓮舟心中一震，說道：「我們實有不得已的苦衷，無法奉告那金毛獅王的下落，還須請孟老師和各位原諒。至於見怪云云，那就不必提起，見到尊師烏老爺子時，便說俞二、張五、殷六問好。」

孟正鴻道：「多謝了！在下告辭。日後武當派如有差遣，只須傳個信來，五鳳刀雖人少力微，但奔走之勞，決不敢辭。」說著和其餘五人一齊抱拳行禮，轉身出門。

那少婦突然回轉，跪倒在地，低聲道：「小婦人得保名節，全出武當諸俠之賜。小婦人有生之年，不敢忘了張眞人和各位的大恩大德。」俞蓮舟等不知其中原因，但聽她說到婦人名節之事，也不便多問，只得含糊謙遜了幾句。那少婦拜了幾拜，出門而去。

「五鳳刀」六人剛走，門帘一掀，閃進一個人來，撲上來一把抱住了張翠山。

張翠山喜極而呼：「四哥！」進房之人正是張松溪。師兄弟相見，都歡喜之極。張翠山道：「四哥，你足智多謀，竟能將五鳳刀化敵爲友，委實不易。」張松溪笑道：

「那是機緣湊巧，你四哥也說不上有甚麼功勞。」將經過情由說了出來。

原來那俊美少婦娘家姓烏，是五鳳刀掌門人的第二女兒，她丈夫便是那孟正鴻。這一次六人同下湖北，訪查謝遜的下落，途中遇上三江幫的舵主，說起武當派張翠山知曉謝遜的所在。那烏氏自幼嬌生慣養，主張設計擒獲張翠山逼問。孟正鴻向來畏妻如虎，這一次卻決計不從，他說武當弟子極是了得，不如依禮相求，對方倘若不允，再想法子。那烏氏言道：「時機可遇不可求，若放得張翠山上了武當，他們師兄弟一會合，又有張三丰庇護，如何再能逼問？」兩人言語不合，吵起嘴來。其餘四人都是師弟師姪，也不敢作左右袒。

那烏氏怒道：「你這膽小鬼，是給你兄長報仇，又不是給我兄長報仇。哼，男子漢大丈夫，做事卻沒半分擔當，便是那張翠山眞將謝遜的下落跟你說了，你有膽子去找他麼？嫁了你這膽小鬼，算是我一輩子倒霉。」孟正鴻對嬌妻忍讓慣了，不敢再說，但要依烏氏之見，在途中客店暗下蒙汗藥迷倒張翠山夫婦，卻堅決不肯。烏氏一怒之下，半夜裏乘丈夫睡著，就此悄悄離去。

她想獨自下手，探到謝遜的下落，好臊一臊丈夫，那知這一切全給三江幫一名舵主瞧在眼中。他見烏氏貌美，起了歹心，暗中跟隨其後，烏氏想使蒙汗藥，反給他先下了迷藥。不料螳螂捕蟬，黃雀在後，張松溪一直在監視五鳳刀六人的動靜，等到烏氏情勢危急，這才出手相救，將那三江幫的舵主懲戒了一番逐走。張松溪也不說自己姓名，只說是武當派門下弟子。烏氏又驚又羞，回去和丈夫相見，說明情由。這一來，武當派成了本門的大恩人，夫婦倆齊來向俞蓮舟等叩謝相救之德。張松溪待那六人去後這才現身，以免烏氏羞慚。

張翠山聽罷這番經過，嘆道：「打發三江幫這行止不端之徒，雖非難事，但四哥行事處處給人留下餘地，化敵爲友，最合師父的心意。」

張松溪笑道：「十年不見，一見面就給四哥一頂高帽子戴戴。」

這一晚師兄弟四人聯床夜話，長談了一宵。張松溪雖然多智，但對那個假扮元兵擄去無忌、擊傷俞蓮舟的高手來歷，也猜測不出半點端倪。

次晨張松溪和殷素素會見了。五人緩緩而行，途中又宿了一晚，才上武當。

張翠山十年重來，回到自幼生長之地，想起即刻便可拜見師父，和大師哥、三師哥、七師弟相會，雖然妻病子散，卻也是歡喜多於哀愁。

到得山上，只見觀外繫著八頭健馬，鞍轡鮮明，並非山上之物。張松溪道：「觀中到了客人，咱們不忙相見，從邊門進去罷。」張翠山扶著妻子，從邊門進觀。觀中道人和侍役見張翠山無恙歸來，無不歡天喜地。張翠山念著要去拜見師父，但服侍張三丰的道僮說眞人尚未開關，張翠山只得到師父坐關的門外磕頭，然後去見俞岱巖。

服侍俞岱巖的道僮輕聲道：「三師伯睡著了，要不要叫醒他？」張翠山搖了搖手，輕手輕腳走到房中。只見俞岱巖正自閉目沉睡，臉色慘白，雙頰凹陷，十年前龍精虎猛的一條剽悍漢子，今日成了奄奄一息的病夫。張翠山看了一陣，忍不住掉下淚來。

張翠山在床邊站立良久，拭淚走出，問小道僮道：「你大師伯和七師叔呢？」小道僮道：「在大廳會客。」張翠山走到後堂等候大師哥和七師弟，但等了老半天，客人始終不走。張翠山問送茶的道人道：「是甚麼客人？」那道人道：「好像是保鏢的。」

殷梨亭對這個久別重逢的五師哥很是依戀，剛離開他一會，便又過來陪伴，聽得他在問客人的來歷，說道：「是三個總鏢頭。金陵虎踞鏢局的總鏢頭祁天彪，太原晉陽鏢局的總鏢頭雲鶴，還有一個是京師大都燕雲鏢局的總鏢頭宮九佳。」

張翠山微微一驚，道：「這三位總鏢頭都來了？十年之前，普天下鏢局中數他三位武功最強，名望最大，今日還是如此罷？他們同時來到山上，爲了甚麼？」殷梨亭笑道：「想是有甚麼大鏢丟了，劫鏢的人來頭大，這三個總鏢頭惹不起，只好來求大師兄。五哥，這幾年大哥越來越愛做濫好人，江湖上遇到甚麼疑難大事，往往便來請大哥出面。」張翠山微笑道：「大哥佛面慈心，別人求到他，總肯幫人的忙。十年不見，不知大哥老了些沒有？」他想到此處，想看一看大哥之心再也難以抑制，說道：「六弟，我到屏風後去瞧瞧大哥和七弟的模樣。」走到屏風之後，悄悄向外張望。

只見宋遠橋和莫聲谷兩人坐在下首主位陪客。宋遠橋穿著道裝，臉上神情沖淡恬和，一如往昔，相貌和十年之前竟無多大改變，只是鬢邊微見花白，身子卻肥胖了很多，想是中年發福。宋遠橋並沒出家，但因師父是道士，又住在道觀之中，在武當山上時常作道家打扮，下山時才改換俗裝。莫聲谷卻已長得魁梧奇偉，雖只二十來歲，卻長了滿臉濃髯，看上去比張翠山的年紀還大些。

只聽得莫聲谷大著嗓子說道：「我大師哥說一是一，說二是二，憑著宋遠橋三字，難道三位還信不過麼？」張翠山心想：「七弟粗豪的脾氣竟半點沒改。不知他為了何事，又在跟人吵嘴？」轉頭向賓位上看去時，只見三人都是五十來歲年紀，一個氣度威猛，一個高高瘦瘦，貌相清癯，坐在末座的卻像是個病夫，甚是乾枯。三人身後又有五個人垂手站立，想是那三人的弟子。只聽那高身材的瘦子道：「宋大俠既這般說，我們怎敢不信？只不知張五俠何時歸來，可能賜一個確期麼？」

張翠山一驚：「原來這三人為我而來，想必又是來問我義兄的下落。」只聽莫聲谷道：「我們師兄弟七人，雖然本領微薄，但仗義為善之事不敢後人，多承江湖上朋友推獎，賜了『武當七俠』這外號。『武當七俠』四個字，說來慚愧，我們原不敢當……」張翠山心道：「十年不見，七弟居然已如此能說會道，從前人家問他一句話，他要臉孔紅上半天，才答得一句。十年之間，除了我和三哥，人人都是一日千里。」

只聽莫聲谷續道：「可是我們既然負了這個名頭，上奉恩師嚴訓，行事半步不敢差錯。張五哥是武當七兄弟之一，他性子斯文和順，我們七兄弟中，脾氣數他最好。你們定要誣賴他殺了『龍門鏢局』滿門，那壓根兒是胡說八道！」張翠山心中一寒：「原來是爲了龍門鏢局都大錦的事。素聞大江以南，各鏢局以金陵虎踞鏢局馬首是瞻，想是他們聽到我從海外歸來，於是虎踞鏢局約了晉陽、燕雲兩家鏢局的總鏢頭，上門問罪來啦。」

那氣度威猛的大漢道：「武當七俠名頭響亮，武林中誰不尊仰？莫七俠不用自己吹噓，我們早已久聞大名，如雷貫耳。」

莫聲谷聽他出言譏嘲，臉色大變，說道：「祁總鏢頭到底意欲如何，不妨言明。」

那氣度威猛的大漢便是虎踞鏢局的總鏢頭祁天彪，朗聲道：「武當七俠說一是一，說二是二，可難道少林派眾高僧便慣打誑語麼？少林僧人親眼目睹，臨安龍門鏢局上下大小人等，盡數傷在張翠山張五俠——的手下。」他說到「張五俠」這個「俠」字時，聲音拖得長長的，顯是充滿譏嘲之意。

殷梨亭只聽得怒氣勃發，這人出言嘲諷五哥，可比打他自己三記巴掌還更令他氣憤，便欲出去理論。張翠山一把拉住，搖了搖手。殷梨亭見他臉上滿是痛苦爲難之色，心下不明其理，暗道：「五哥的涵養功夫越來越好了，無怪師父常讚他。」

莫聲谷站起身來，大聲道：「別說我五哥此刻尚未回山，便已經回到武當，也就只這句話。莫某跟張翠山生死與共，他的事便是我的事。三位不分青紅皀白，定要誣賴我五哥害了龍門鏢局滿門。好！這一切便全算是莫某幹的。三位要爲龍門鏢局報仇，儘管往莫某身上招呼。我五哥不在此間，莫聲谷便是張翠山，張翠山便是莫聲谷！老實跟你說，莫某的武功智謀，遠遠不及我五哥，你們找上了我，算你們運氣不壞。」

祁天彪大怒，霍地站起，大聲道：「祁某今日到武當山來撒野，天下武學之士，人人要笑我班門弄斧，太過不自量力。可是都大錦都兄弟滿門被害十年，沉冤始終未雪，祁某這口氣終究嚥不下去。反正武當派將龍門鏢局七十餘口也都殺了，再饒上祁某一人又有何妨？便是再饒上金陵虎踞鏢局的九十餘口，也不過如此！祁某今日血濺武當山上，算是死得其所。我們上山之時，尊重張眞人德高望重，不敢攜帶兵刃，祁某便在莫七俠拳腳之下領死。」說著大踏步走到廳心。

宋遠橋先前一直沒開口，這時見兩人說僵了要動手，伸手攔住莫聲谷，微微一笑，說道：「三位來到敝處，翻來覆去，一口咬定是敝五師弟害了臨安龍門鏢局滿門。好在敝師弟不久便可回山，三位暫忍一時，待見了敝師弟之面，再行分辨是非如何？」

那身形乾枯、猶似病夫的燕雲鏢局總鏢頭宮九佳說道：「祁總鏢頭且請坐下。張五俠既然尚未回山，此事終究不易了斷，咱們不如拜見張眞人，請他老人家金口明示，交代一句話下來。張眞人是當今武林中的泰山北斗，天下英雄好漢，莫不敬仰，難道他老人家還會不分是非、包庇弟子麼？」

他這幾句話雖說得客氣，含意卻甚厲害。莫聲谷如何聽不出來，當即說道：「家師閉關靜修，尙未開關。近年來我武當門中之事，均由我大師哥處理。除了武林中眞正大有名望的高人，家師極少見客。」言下之意是說你們想見我師父，身分可還夠不上。

那高高瘦瘦的晉陽鏢局總鏢頭雲鶴冷笑一聲，道：「天下事也眞有這般湊巧，剛好我們上山，尊師張眞人便即閉關。可是龍門鏢局七十餘口的人命，卻不是一閉關便能躲過呢！」宮九佳聽他這幾句話說得太重，忙使眼色制止。但莫聲谷已忍耐不住，大聲喝道：「你說我師父是因爲怕事才閉關嗎？」雲鶴冷笑一聲，並不答話。

宋遠橋雖涵養極好，但聽他辱及恩師，卻也忍不住有氣，當著武當七俠之面，竟然有人言辭中對張三丰不敬，那是十餘年來從未有過之事。他緩緩的道：「三位遠來是客，我們不敢得罪，送客！」說著袍袖一拂，一股疾風隨著這一拂之勢捲出，祁天彪、雲鶴、宮九佳三人身前茶几上的三隻茶碗突然爲風捲起，落在宋遠橋身前的茶几之上。三隻茶碗緩緩捲起，輕輕落下，落到茶几上時只托托幾響，竟不濺出半點茶水。

祁天彪等三人當宋遠橋衣袖揮出之時，給這一股看似柔和、實則力道強勁之極的袖風壓在胸口，登時呼吸閉塞，喘不過氣來，三人急運內功相抗，但那股袖風倏然而來，倏然而去，三人胸口重壓陡消，波波波三聲巨響，全都大聲的噴了一口氣出來。三人這一驚非同小可，心知宋遠橋只須左手袖子跟著一揮，第二股袖風乘虛而入，自己所運的內息給逼得逆行倒衝，就算不立斃當場，也須身受重傷，內功損折大半。這一來，三個總鏢頭方知眼前這位沖淡謙和、恂恂儒雅的宋大俠，委實身負深不可測的神功。

張翠山在屏風後想起殷素素殺害龍門鏢局滿門之事，實感惶愧無地，待見到宋遠橋這一下衣袖上所顯的深厚功力，大爲驚佩，尋思：「我武當派內功越練到後來，進境越快。我在王盤山之時，與義兄內力相差極遠，但到冰火島分手，似已拉近了不少。當年義兄在洛陽想殺大師哥，那時大師哥自然抵擋不住。但義兄就算雙眼不盲，此刻的武功卻未必能勝過大師哥多少。再過十年，大師哥、二師哥或許便會在義兄之上了。」

只見祁天彪抱拳道：「多謝宋大俠手下留情，告辭！」宋遠橋和莫聲谷送到滴水簷前。祁天彪轉身道：「兩位請留步，不勞遠送。」宋遠橋道：「難得三位總鏢頭光降敝山，改日在下當再赴大都、太原、金陵貴局回拜。」祁天彪道：「這個如何克當？」他領教了宋遠橋的武功之後，覺得這位宋大俠雖身負絕世奇功，但言談舉止之中竟沒半分驕氣，心中對他甚爲欽佩，初上山時那股興師問罪、復仇拚命的銳氣已折了大半。

兩人正在說客氣話，祁天彪突見門外匆匆進來一個短小精悍、滿臉英氣的中年漢子。宋遠橋道：「四弟，來見過這三位朋友。」當下給祁天彪等三人引見了。

張松溪笑道：「三位來得正好，在下正有幾件物事要交給各位。」說著遞過三個小小包裹，每人交了一個。祁天彪問道：「那是甚麼？」張松溪道：「此處拆看不便，各位下山後再看罷。」師兄弟三人直送到觀門之外，方與三個總鏢頭作別。

莫聲谷一待三人走遠，急問：「四哥，五哥呢？他回山沒有？」張松溪笑道：「你先進去見五弟，我和大哥在廳上等這三個鏢客回來。」莫聲谷叫道：「五哥在裏面？這三個鏢客還要回來，幹麼？」心下記掛著張翠山，不待張松溪說明情由，急奔入內。

莫聲谷剛進內堂，果然祁天彪等三人匆匆回來，向宋遠橋、張松溪納頭便拜。二人急忙還禮。雲鶴道：「武當諸俠大恩大德，雲某此刻方知。適才雲某言語中冒犯張眞人，當眞是豬狗不如。」說著提起手來，左右開弓，在自己臉上噼噼啪啪的打了十幾下，落手極重，只打得雙頰紅腫，兀自不停。宋遠橋愕然不解，急忙攔阻。

張松溪道：「雲總鏢頭乃是有志氣的好男兒，那驅除韃虜、還我河山的大願，凡我中華好漢，無不同心。些些微勞，正是我輩份所當爲，雲總鏢頭何必如此？」

雲鶴道：「雲某老母幼子，滿門性命，皆出諸俠之賜。雲某渾渾噩噩，五年來一直睡在夢裏。適才言辭不遜，兩位若肯狠狠打我一頓，雲某心中方得稍減不安。」

張松溪微笑道：「過去之事，誰也休提。雲總鏢頭剛才的言語，家師便親耳聽到了，心敬雲總鏢頭的所作所爲，也決不會放在心上。」但雲鶴始終惶愧不安，深自痛責。

宋遠橋不明其中之理，只順口謙遜了幾句，見祁天彪和宮九佳也不住口的道謝，但瞧張松溪的神色語氣之間，對祁宮二人並不怎麼，對雲鶴卻甚爲敬重親熱。三個總鏢頭定要到張三丰坐關的屋外磕頭，又要去見莫聲谷賠罪，張松溪一一辭謝，這才作別。

三人走後，張松溪嘆了口氣，道：「這三人雖對咱們心中感恩，可是龍門鏢局的人命，他三人竟一句不提。看來感恩只管感恩，那一場禍事，仍消弭不了。」

宋遠橋待問情由，只見張翠山從內堂快步奔出，拜倒在地，叫道：「大哥，可想煞小弟了。」宋遠橋是謙恭有禮之士，雖對同門師弟，又當久別重逢、心情激盪之下，仍不失禮數，恭恭敬敬的拜倒還禮，說道：「五弟，你終於回來了。」

張翠山略述別來情由。莫聲谷心急，便問：「五哥，那三個鏢客無禮，定要誣賴你殺了臨安龍門鏢局滿門，你也涵養忒好，怎地不出來教訓他們一頓？」張翠山慘然長嘆，道：「這中間的原委曲折，非一言可盡。我詳告之後，還請衆兄弟一同想個良策。」

殷梨亭道：「五哥放心，龍門鏢局護送三哥不當，害得他一生殘廢，五哥便眞的殺了他鏢局滿門，也是兄弟情深，激於義憤……」

俞蓮舟喝道：「六弟，你胡說甚麼？這話要是給師父聽見了，不關你一個月黑房才怪。殺人全家老少這般滅門絕戶之事，我輩怎可做得？」

宋遠橋等一齊望著張翠山。但見他神色甚是淒楚，過了半晌，說道：「龍門鏢局和少林派的人，我一個也沒殺。我不敢忘了師父的教訓，沒敢累了眾兄弟的盛德。」

宋遠橋等一聽大喜，都舒了一口長氣。他們雖決計不信張翠山會做這般狠毒慘事，但少林派眾僧既一口咬定是他所為，還說是親眼目睹，而當三個總鏢頭上門問罪之時，他又不挺身而出，直斥其非，各人心中自不免稍有疑惑，這時聽他這般說，無不放下一件大心事，均想：「這中間便有許多為難之處，但只要不是他殺的人，終能解說明白。」

莫聲谷便問那三個鏢客去而復返的情由。張松溪笑道：「這三個鏢客之中，倒是那出言無禮的雲鶴人品最好。他在晉陝一帶名望甚高，暗中聯絡了山西、陝西的豪傑，歃血為盟，要起義反抗蒙古韃子。」宋遠橋等一齊喝了聲采。

莫聲谷道：「瞧不出他竟具這等胸襟，實是可敬可佩。四哥，你且莫說下去，等我回來再說……」說著急奔出門。

張松溪果然住口，向張翠山問些冰火島的風物。當張翠山說到該地半年白晝、半年黑夜之時，四人盡皆駭異。張翠山道：「那地方東西南北也不大分得出來，太陽出來之處，也不能算是東方。」又說到海中冰山等等諸般奇事異物。

說話之間，莫聲谷已奔了回來，說道：「我趕去向那雲總鏢頭賠了個禮，說我佩服他是個鐵錚錚的好男兒。」眾人深知這個小師弟的直爽性子，也早料到他出去做甚麼。

莫聲谷來往飛奔數里，絲毫不以爲累，他既知雲鶴是好男兒，若不當面跟他盡釋前嫌，言歸於好，便有幾晚睡不著覺了。

殷梨亭道：「七弟，四哥的故事等著你不講，可是五哥說的冰火島上的怪事，可更加好聽。」莫聲谷跳了起來，道：「啊，是嗎？」張松溪道：「那雲鶴一切籌劃就緒……」莫聲谷搖手道：「四哥，對不住，請你再等一會……」張翠山微笑道：「七弟總不肯吃虧。」於是將冰火島上一些奇事重述了一遍。莫聲谷道：「奇怪，奇怪！四哥，這便請說了。」

張松溪道：「那雲鶴一切籌劃就緒，只待日子一到，便在太原、大同、汾陽三地同時舉義，那知與盟的衆人之中竟有一名大叛徒，在舉義前的三天，盜了加盟衆人的名單，以及雲鶴所寫的舉義策劃書，去向蒙古韃子告密。」

莫聲谷拍腿叫道：「啊喲，那可糟了。」

張松溪道：「也是事有湊巧，那時我正在冀寧路，有事要找那太原府知府晦氣，半夜裏見到那知府正和那叛徒竊竊私議，聽到他們要如何一面密報朝廷，一面調兵遣將、將舉義人等一網打盡。我便跳進屋去，將那知府和叛徒殺了，取了加盟的名單和籌劃書。雲鶴等一干人發覺名單和籌劃書遭竊，自然知道大事不好，不但義舉不成，而且單上有名之人家家有滅門大禍，連夜送出訊息，叫各人遠逃避難。但這時城門已閉，訊息送不出去，次日一早，因知府被戕，太原城閉城大索刺客。雲鶴等人急得猶似熱鍋上螞蟻一般，心想這一番自己固然難免滿門抄斬，而秦晉一帶更不知將有多少仁人義士遭難。不料提心吊膽的等了數日，竟安然無事，後來城中拿不到刺客，查得也慢慢鬆了，這件事竟不了了之。他們見那叛徒死在府衙之中，也料到是暗中有人相助，但無論如何卻想不到我身上。」

殷梨亭道：「你適才交給他的，便是那加盟名單和籌劃書？」張松溪道：「正是。」

莫聲谷道：「那宮九佳呢？四哥怎生幫了他一個大忙？」

張松溪道：「這宮九佳武功是好的，可是人品作爲，決不能跟雲總鏢頭相提並論。六年之前，他保鏢到了雲南，在昆明受一個大珠寶商之託，暗帶一批價值六十萬兩銀子的珠寶送往大都。但到江西卻出了事，在鄱陽湖邊，宮九佳給鄱陽四義中的三義圍攻，搶去了紅貨。宮九佳便傾家蕩產，也賠不起這批珠寶，何況他燕雲鏢局執北方鏢局之牛耳，他招牌這麼一砸，以後也不用做人了。他在客店中左思右想，竟便想自尋短見。

「鄱陽三義不是綠林豪傑，卻爲何要劫取這批珠寶？原來鄱陽四義中的老大犯了事，給關入了南昌府的死囚牢，轉眼便要處斬。三義劫了兩次牢，救不出老大，官府卻反而防範得更加緊了。鄱陽三義知道官府貪財，便想用這批珠寶去行賄，減輕老大的罪名。我見他四人甚有義氣，便設法將那老大救了出來，要他們將珠寶還給宮九佳。這宮總鏢頭雖面目可憎、言語無味，但生平也沒做過甚麼惡事，在大都也不結交蒙古官府，欺壓良善，那麼救了他一命也是好的。我叫鄱陽四義不可提我名字，只將那塊包裹珠寶的錦緞包袱留了下來。適才我將那塊包袱還了給他，他自是心中有數了。」

俞蓮舟點頭道：「四弟此事做得好，那宮九佳也還罷了，鄱陽四義卻為人不錯。」

莫聲谷道：「四哥，你交給祁天彪的卻又是甚麼？」張松溪道：「那是九枚斷魂蜈蚣鏢。」五人聽了，都「啊」的一聲，這斷魂蜈蚣鏢在江湖上名頭頗為響亮，是涼州大豪吳一氓的成名暗器。

張松溪道：「這一件事我做得忒也大膽了些，這時想來，當日也真算僥倖。那祁天彪保鏢路過潼關，無意中得罪了吳一氓的弟子，兩人動起手來，祁天彪出掌將他打得重傷。祁天彪打了這掌之後，知道闖下了大禍，匆匆忙忙的交割了鏢銀，便想連夜趕回金陵，邀集至交好友，合力對付吳一氓。但他剛到洛陽，便給吳一氓追上了，約了他次日在洛陽西門外比武。」殷梨亭道：「這吳一氓的武功好得很啊，祁天彪如何是他對手？」

張松溪道：「是啊，祁天彪自知憑他的能耐，擋不了吳一氓的一鏢，無可奈何之中，便去邀洛陽喬氏兄弟助拳。喬氏兄弟一口答應，說道：『憑我兄弟的能耐，祁大哥你也明白，決不能對付得了吳一氓。你要我兄弟出場，原也不過要我二人吶喊助威。好，明日午時，洛陽西門外，我兄弟準到。』」

莫聲谷道：「喬氏兄弟是使暗器的好手，有他二人助拳，祁天彪以三敵一，或能跟吳一氓打個平手。只不知吳一氓有沒幫手。」

張松溪道：「吳一氓倒沒幫手。可是喬氏兄弟卻出了古怪。第二天一早，祁天彪上喬家去，想跟他兄弟商量迎敵之策，那知喬家看門的說道：『大爺和二爺今朝忽有要事，趕去了鄭州，請祁老爺不必等他們了。』祁天彪一聽之下，幾乎氣炸了肚子。喬氏兄弟幾年前在江南出了事，祁天彪曾幫過他們大忙，不料此刻急難求援，兄弟倆嘴上說得好聽，竟腳底抹油，溜之乎也。祁天彪心知吳一氓心狠手辣，這約會躲是躲不過的，於是在客店中寫下遺書，處分後事，交給了趟子手，自己到洛陽西門外赴約。

「這件事的前後經過，我都瞧在眼裏。那日我扮了個乞丐，易容改裝，躺在西門外的一株大樹之下。不久吳一氓和祁天彪先後到來，兩人動起手來，鬥不數合，吳一氓便下殺手，放了一枚斷魂蜈蚣鏢。祁天彪眼見抵擋不住，只有閉目待死，我搶上前去，伸手將鏢接了，吳一氓又驚又怒，喝問我是否丐幫中人。我笑嘻嘻的不答。吳一氓連放了八枚斷魂蜈蚣鏢，都給我一一接過。他的成名暗器果然非同小可，我若用本門武功去接，本也不難，但我防他瞧出疑竇，故意裝作左足跛，右手斷，只使一隻左手，又使少林派的接鏢手法，掌心向下擒撲，九枚鏢接是都接到了，但手掌險些給他第七枚毒鏢劃破，算得十分凶險。他果然喝問我是少林派中那一位高僧的弟子，我仍裝聾作啞，跟他咿咿啊啊的胡混。吳一氓自知不敵，憔怒而去，回到涼州後杜門不出，這幾年來一直沒在江湖上現身。」

莫聲谷搖頭道：「四哥，吳一氓雖不是良善之輩，但祁天彪也算不得是甚麼好人，那日倘若你給蜈蚣鏢傷了手掌，這可如何是好？這般冒險未免太也不值。」

張松溪笑道：「這是我一時好事，事先也沒料到他的蜈蚣鏢當眞這等厲害。」

莫聲谷性情直爽，不明白張松溪這些行逕的眞意，張翠山卻如何不省得？四哥盡心竭力，爲的是要消解龍門鏢局的滅門大仇。他知虎踞鏢局是江南衆鏢局之首，冀魯一帶衆鏢局的頭腦是燕雲鏢局，西北各省則推晉陽鏢局爲尊。龍門鏢局之事日後發作起來，這三家鏢局定要出頭，是以他先行伏下了三樁恩惠。這三件事看來似是機緣巧合，但張松溪明查暗訪，等候機會，不知花了多少時日，多少心血？

張翠山哽咽道：「四哥，你我兄弟一體，我也不必說這個『謝』字了，都是你弟妹當日作事偏激，闖下這大禍。」將殷素素如何扮成他的模樣、夜中去殺了龍門鏢局滿門之事從頭至尾的說了，最後道：「四哥，此事如何了結，你給我拿個主意。」

張松溪沉吟半晌，道：「此事自當請師父示下。但我想人死不能復生，弟妹也已改過遷善，不再是當日殺人不眨眼的弟妹。知過能改，善莫大焉。大哥，你說是不是？」

宋遠橋面臨這數十口人命的大事，一時躊躇難決。兪蓮舟卻點了點頭，說道：「不錯！」

殷梨亭最怕二哥，知道大哥是好好先生，容易說話，二哥卻嫉惡如仇，鐵面無私，生怕他跟五嫂爲難，一直在提心吊膽，卻不知俞蓮舟早已知道此事，也早已原宥了殷素素。他見二哥點頭，心中大喜，忙道：「是啊，旁人問起來，五哥只須說那些人不是你殺的。你又不是撒謊，本來不是你殺的啊。」宋遠橋橫了他一眼，道：「一味抵賴，五弟心中何安？咱們身負俠名，心中何安？」殷梨亭急道：「那怎生是好？」

宋遠橋道：「依我之見，待師父壽誕過後，咱們先去找回五弟的孩兒，然後是黃鶴樓頭英雄大會，交代了金毛獅王謝遜這回事後，咱們師兄弟六人，再加上五弟妹，七人同下江南。三年之內，咱們每人要各作十件大善舉。」張松溪鼓掌叫道：「對，對！龍門鏢局枉死了七十來人，咱們各作十件善舉，如能救得一二百個無辜遭難者的性命，那麼勉強也可抵過了。」俞蓮舟也道：「大哥想得再妥當也沒有了，師父也必允可。否則便是要五弟妹給那七十餘個死者抵命，也不過多死一人，於事何補？」

張翠山一直爲了此事煩惱，聽大師哥如此安排，心下大喜，道：「我跟她說去。」將宋遠橋的話去跟妻子說了，又說衆兄弟一等祝了師父的大壽，便同下山去尋訪無忌。

殷素素本來無甚大病，只因思念無忌成疾，這時聽了丈夫的話，心想憑著武當六俠的本事，總能將無忌找回來，心頭登時便寬了。

張翠山跟著又去見俞岱巖。師兄弟相見，自有一番悲喜。

張三丰率領羣弟子迎出紫霄宮外。只見少林派掌門人空聞大師率同師弟空智、空性，以及九名弟子已緩步來到。武當、少林兩派首腦人物各以平輩之禮相見。

十　百歲壽宴摧肝腸

過了數日，已是四月初八。張三丰心想明日是自己的百歲大壽，徒兒們必有一番熱鬧，雖俞岱巖殘廢、張翠山失蹤，未免美中不足，但一生能享百歲遐齡，也算難得，同時閉關參究的一門「太極功」也已深明精奧，從此武當一派定可在武林中大放異采，當不輸於天竺達摩東傳的少林派武功。這天清晨，他便開關出來。

一聲清嘯，衣袖略振，兩扇板門便呀的一聲開了。張三丰第一眼見到的不是旁人，竟是十年來思念不已的張翠山。

他一搓眼睛，還道是看錯了。張翠山已撲在他懷裏，聲音嗚咽，連叫：「師父！」心情激盪下竟忘了跪拜。宋遠橋等五人齊聲歡叫：「師父大喜，五弟回來了！」

張三丰活了一百歲，修鍊了八十幾年，胸懷空明，早已不縈萬物，但和這七個弟子情若父子，陡然間見到張翠山，忍不住緊緊摟著他，歡喜得流下淚來。

眾弟子服侍師父梳洗盥沐，換過衣巾。張翠山不敢便稟告煩惱之事，只說些冰火島的奇情異物。張三丰聽他說已經娶妻，更是歡喜，道：「你媳婦呢？快叫她來見我。」

張翠山雙膝跪地，說道：「師父，弟子大膽，娶妻之時，沒能稟明你老人家。」張三丰捋鬚笑道：「你在冰火島上十年不能回來，難道便等上十年，待稟明了我再娶麼？笑話，笑話！快起來，不用告罪，張三丰那有這等迂腐不通的弟子？」張翠山長跪不起，道：「可是弟子的媳婦來歷不正。她……她是天鷹教殷教主的女兒。」

張三丰仍捋鬚一笑，說道：「那有甚麼干係？只要媳婦兒人品不錯，也就是了，便算她人品不好，到得咱們山上，難道不能潛移默化於她麼？天鷹教又怎樣了？翠山，為人第一不可胸襟太窄，千萬別自居名門正派，把旁人都瞧得小了。這正邪兩字，原本難分。正派弟子倘若心術不正，便是邪徒；邪派中人只要一心向善，便是正人君子。」

張翠山大喜，想不到自己耽了十年的心事，師父只輕輕兩句話便揭了過去，滿臉笑容，站起身來，忙去伴同殷素素來拜見師父。張三丰見到殷素素後很是歡喜，慰勉了幾句。殷素素請了安，告退回房。

張三丰對張翠山道：「你那岳父殷教主我跟他神交已久，很佩服他武功了得，是個慷慨磊落的奇男子，他雖性子偏激，行事乖僻些，可不是卑鄙小人。咱們很可交交這個朋友。」宋遠橋等均想：「師父對五弟果然厚愛，愛屋及烏，連他岳父這等大魔頭，居然也肯下交。」正說到此處，一名道僮進來報道：「天鷹教殷教主派人送禮來給張五師叔！」

張三丰笑道：「岳父送贄禮來啦，翠山，你去迎接賓客罷！」張翠山應道：「是！」殷梨亭道：「我跟五哥一起去。」張松溪笑道：「又不是金鞭紀老英雄送禮來，要你忙甚麼？」殷梨亭臉上一紅，還是跟了張翠山出去。

只見大廳上站著兩個中年漢子，羅帽直身，穿的是家人服色，見到張翠山出來，一齊走上幾步，跪拜下去，說道：「姑爺安好，小人殷無福、殷無祿叩見。還有個兄弟殷無壽，要小人等一併向姑爺請安。」張翠山還了一揖，說道：「管家請起。」心想：「這兩個家人的名字好生奇怪，凡是僕役家人，取的名字總是『平安、吉慶、福祿壽喜』之類，怎地他二人卻叫作『無福、無祿』，而且還有個『無壽』？」但見那殷無福臉上有一條極長的刀疤，自右邊額角一直斜下，掠過鼻尖，直至左邊嘴角方止。那殷無祿卻是滿臉痲皮。兩人相貌都甚醜陋，都是四五十歲年紀。

張翠山道：「岳父大人、岳母大人安好。我待得稍作屏擋，便要和你家小姐同來拜見尊親，不料岳父母反先存問，卻如何敢當？兩位遠來辛苦。請坐了喝杯茶。」

殷無福和殷無祿卻不敢坐，恭恭敬敬的呈上禮單，說道：「我家老爺太太說些許薄禮，請姑爺笑納。」

張翠山道：「多謝！」打開禮單一看，不禁嚇了一跳，只見十餘張泥金箋上，一共寫了二百款禮品，第一款是「碧玉獅子成雙」，第二款是「翡翠鳳凰成雙」，無數珠寶之後，是「特品紫狼毫百枝」、「貢品唐墨四十錠」、「宣和桑紙百刀」、「極品端硯八方」。那天鷹教教主打聽到這位嬌客善於書法，竟送了大批極名貴的筆墨紙硯，其餘衣履冠帶、服飾器用，無不具備。殷無福轉身出去，領了十名腳夫進來，每人都挑了一副擔子，擺在廳側。

張翠山心下躊躇：「我自幼清貧，山居簡樸，這些珍物要來何用？可是岳父遠道厚賜，倘若不受，未免不恭。」只得稱謝受下，說道：「你家小姐旅途勞頓，略染小恙。兩位管家請在山上多住幾日，再行相見。」殷無福道：「老爺太太很記掛小姐，叮囑即日回報。若不過於勞累小姐，小人想叩見小姐一面，即行回去。」

張翠山道：「既然如此，且請稍待。」回房跟妻子說了。殷素素大喜，來到偏廳和兩名家人相見，問起父母兄長安康，留兩人用了酒飯。殷無福、殷無祿當即叩別姑爺、小姐。

張翠山心想：「岳父母送來這等厚禮，該當重重賞賜這兩人才是。可是就把山上所有的銀子集在一起，也未必能賞得出手。」他生性豁達，也不以爲意，笑道：「你家小姐嫁了個窮姑爺，給不起賞錢，兩位管家請勿見笑。」殷無福道：「不敢，不敢。得見武當五俠一面，甚於千金之賜。」張翠山心道：「這位管家吐屬風雅，似是個文墨之士。」當下送到中門。殷無福道：「姑爺請留步，但盼和小姐早日駕臨，以免老爺太太思念。敝教上下，盡皆仰望姑爺風采。」張翠山一笑。

殷無祿道：「還有一件小事，須得稟告姑爺知道。小人兄弟送禮上山之時，在襄陽客店中遇見三個鏢客。他三人言談之中，提到了姑爺。」張翠山道：「哦，他們說了些甚麼？」殷無祿道：「一人說道：『武當七俠於我等雖有大恩，可是龍門鏢局的七十餘口人命，終不能便此罷休。』他三人說自己是決計不能再理會此事了，要去請開封府神槍震八方譚老英雄出來，跟姑爺理論此事。」張翠山點了點頭，並不言語。

殷無祿探手懷中，取出三面小旗，雙手呈給張翠山，道：「小人兄弟聽那三個鏢客膽敢想太歲頭上動土，已將這事攬到了天鷹教身上。」

張翠山一見三面小旗，不禁一驚，只見第一面旗上繡著一頭猛虎，仰天吼叫，作蹲踞之狀，自是「虎踞鏢局」的鏢旗。第二面小旗上繡著一頭白鶴在雲中飛翔，當是「晉陽鏢局」的鏢旗，雲中白鶴是總鏢頭雲鶴。第三面小旗上用金線繡著九隻燕子，包含了「燕雲鏢局」的「燕」字和總鏢頭宮九佳的「九」字。

張翠山奇問：「怎地將他們的鏢旗取來了？」殷無福道；「姑爺是天鷹教的嬌客，

祁天彪、宮九佳他們是甚麼東西，明知武當七俠於他們有恩，居然還想去請甚麼開封府神槍震八方譚瑞來這老傢伙來跟姑爺理論，那不是太豈有此理麼？我們聽到了這三個鏢客的無禮之言……」張翠山道：「其實也不算得甚麼無禮。」殷無福道：「是，那是姑爺的寬宏大量，人所不及。我們三個人賤量窄，便料理了這三個鏢客，取來了三家鏢局的鏢旗。」

張翠山吃了一驚，心想祁天彪等三人都是雄霸一方的鏢局豪傑，江湖上成名已久，雖算不得是武林中頂尖的腳色，但各有各的絕藝。何以岳父手下三個家人，便如此輕描淡寫的說將他們料理了？但若說殷無福瞎吹，他們明明取來了這三桿鏢旗，別說明取，便是暗偷，可也不易啊。難道他們在客店中使甚麼薰香迷藥，做翻了那三個總鏢頭？問道：「這三桿鏢旗是怎生取來的？」

殷無福道：「當時三弟無壽出面叫陣，說我們天鷹教瞧著三個狗屁總鏢頭不順眼，約他們到襄陽南門較量，我們三人對他們三個。言明他們倘若輸了，便留下鏢旗，自斷一臂，終身不許踏近武當山一步。」張翠山愈聽愈奇，愈加不敢小覷了眼前這兩個家人，問道：「後來怎樣？」殷無福道：「後來也沒甚麼，他們便留下鏢旗，自己砍斷了左臂，說終身不敢踏近武當山一步。」

張翠山暗暗心驚：「這些天鷹教的人物，行事竟如此狠辣。」不禁皺起了眉頭。殷無祿道：「倘若姑爺嫌小人下手太輕，我們便追上去，將三人宰了。」張翠山忙道：「不輕！不輕！已重得很。」殷無福道：「我們心想這次來給姑爺送禮，乃是天大的喜事，倘若傷了人命，似乎不吉。」張翠山道：「不錯，你們想得很周到。還有一位管家呢？為何沒跟你們一起？」殷無福道：「我們趕走了三個鏢客之後，怕那神槍譚老頭兒終於得到了訊息，不知好歹，還要來囉唕姑爺，是以殷無壽便上開封府去。」

張翠山心想那神槍震八方譚瑞來威名赫赫，成名已垂四十年，殷無壽為自己而鬧上開封府去，不論那一方有了損傷，都大大的不妥，說道：「那神槍震八方譚老英雄我久仰其名，是個正人君子，兩位快些趕赴開封，叫無壽大哥不必再跟譚老英雄說話了。若雙方說僵了動手，只怕不妙。」

殷無祿淡淡一笑，道：「姑爺不必躭心，那姓譚的老傢伙不敢跟三弟動手的。三弟叫他不得多管閒事，他會乖乖的聽話。」張翠山道：「是麼？」暗想神槍震八方譚瑞來豈是好惹的人物，他自己或許老了，可是開封府神槍譚家一家，武功高強的弟子少說也有一二十人，哪能怕了你殷無壽一人？殷無福瞧出張翠山有不信之意，說道：「那譚老頭兒二十年前是無壽的手下敗將，並有重大把柄落在我們手中。姑爺望安。」說著二人行禮作別。

張翠山拿著那三面小旗，躊躇了半晌。他本想命二人打聽無忌的下落，但想跟外人提起此事，自己也還罷了，卻不免損及二哥的威名，於是慢慢踱回臥房。

殷素素斜倚在床，翻閱禮單，好生感激父母待己的親情，想起無忌此時不知如何，又憂心如焚，見丈夫走進房來，臉上神色不定，忙問：「怎麼啦？」

張翠山道：「那無福、無祿、無壽三人，又是甚麼來歷？」

殷素素和丈夫成婚雖已十年，但知他不喜天鷹教，因此於自己家事和教中諸般情由一直不跟他說起，張翠山亦從來不問。這時聽丈夫問及，才道：「這三人在二十多年前本是橫行燕趙一帶的大盜，後來受許多高手圍攻，眼看無倖，適逢我爹爹路過，見他們死戰不屈，很有骨氣，便伸手救了他們。這三人並不同姓，自然也不是兄弟。他們感激我爹爹救命之恩，便立下重誓，終身給他爲奴，拋棄了從前姓名，改名爲殷無福、殷無祿、殷無壽。我小時候對他們很客氣，也不敢眞以奴僕相待。我爹爹說，講到武功和從前的名望，武林中許多大名鼎鼎的人物也未必及得上他三人。」

張翠山點頭道：「原來如此。」於是將他三個斷人左臂、奪人鏢旗之事說了。殷素素皺眉道：「他三人原是一番好意，卻沒想到名門正派的弟子行事，跟他們邪教大不相同。五哥，這件事又跟你添了麻煩，我……我眞不知如何是好？」嘆了口氣，接著道：「待尋到無忌，我們還是回冰火島去罷。」

忽聽得殷梨亭在門外叫道：「五哥，快來大筆一揮，寫幾副壽聯兒。」又笑道：

「五嫂，你別怪我拉了五哥去，誰教他叫作『銀鉤鐵劃』呢？」

當日下午，六個師兄弟分別督率火工道人、衆道僮在紫霄宮四處打掃布置，廳堂上都貼了張翠山所書的壽聯，前前後後，一片喜氣。

次日清晨，宋遠橋等換上了新縫的布袍，正要去攙扶俞岱巖，七人同向師父拜壽，一名道僮進來，呈上一張名帖。宋遠橋接了過來。張松溪眼快，見帖上寫道：「崑崙後學何太沖率門下弟子恭祝張眞人壽比南山。」驚道：「崑崙掌門人親自給師父拜壽來啦！他幾時到中原來的？」莫聲谷問道：「何夫人有沒有來？」何太沖的夫人班淑嫻是他師姊，聽說武功不在崑崙掌門之下。張松溪道：「名帖上沒寫何夫人。」

宋遠橋道：「這位客人非同小可，該當請師父親自迎接。」忙去稟明張三丰。

張三丰道：「聽說鐵琴先生罕來中土，虧他知道老道的生日。」率領六名弟子，迎了出去。只見鐵琴先生何太沖年紀也不甚老，身穿黃衫，神情飄逸，氣象沖和，儼然是名門正派的一代宗主。他身後站著八名男女弟子，西華子和衛四娘也在其內。

何太沖向張三丰行禮致賀。張三丰連聲道謝，拱手行禮。宋遠橋等六人跪下磕頭，何太沖也跪拜還禮，說道：「武當六俠名震寰宇，這般大禮如何克當？」

張三丰剛將何太沖師徒迎進大廳，賓主坐定獻茶，一名小道僮又持了一張名帖進來，交給了宋遠橋，卻是崆峒五老齊至。當世武林之中，少林、武當名頭最響，崑崙、峨嵋次之，崆峒派又次之。崆峒五老論到輩份地位，不過和宋遠橋平起平坐。但張三丰甚是謙沖，站起身來，說道：「崆峒五老到來，何兄請少坐，老道出去迎接賓客。」

何太沖心想：「崆峒五老這等人物，派個弟子出去迎接一下也就是了。」

少時崆峒五老帶了弟子進來。接著神拳門、海沙派、巨鯨幫、巫山幫，許多門派幫會的首腦人物陸續來到山上拜壽。宋遠橋等事先只想本門師徒共盡一日之歡，沒料到竟來了這許多賓客，六名弟子分別接待，卻那裏忙得過來？張三丰一生最厭煩的便是這些繁文縟節，每逢七十歲、八十歲、九十歲的整壽，總叮囑弟子不可驚動外人，豈知在這百歲壽辰，竟然武林貴賓雲集。到得後來，紫霄宮中連給客人坐的椅子也不夠了。宋遠橋只得派人去捧些圓石，密密的放在廳上。各派掌門、各幫幫主等尚有座位，門人徒衆只好坐在石上。斟茶的茶碗分派完了，只得用飯碗、菜碗奉茶。

張松溪一拉張翠山，走到廂房。張松溪道：「五弟，你瞧出甚麼來沒有？」張翠山道：「他們相互約好了的，大家見面之時，顯是成竹在胸。雖有些人假作驚異，實則是欲蓋彌彰。」張松溪道：「不錯，他們並非誠心來給師父拜壽。」張翠山道：「拜壽爲名，問罪是實。」張松溪道：「不是興師問罪！龍門鏢局的命案，決請不動鐵琴先生何太沖出馬。」張翠山道：「嗯，這些人全是爲了金毛獅王謝遜！」

張松溪冷笑道：「他們可把武當門人瞧得忒也小了。縱使他們倚多為勝，難道武當門下弟子竟會出賣朋友？五弟，那謝遜便算真是十惡不赦的奸徒，既是你的義兄，決不能從你口中吐露他的行蹤。」張翠山道：「四哥說的是。咱們怎麼辦？」張松溪微一沉吟，道：「大家小心些便是。兄弟同心，其利斷金，武當七俠大風大浪見得慣了，豈能怕了他們？」

俞岱巖雖然殘廢，但他們說起來還是「武當七俠」，而七兄弟之後，還有一位武學修為震鑠古今、冠絕當時的師父張三丰在。只是兩人均想師父已百歲高齡，雖眼前遇到了重大難關，但衆兄弟仍當自行料理，固不能讓師父出手，也不能讓他老人家操心。張松溪口中這麼安慰師弟，內心卻知今日之事大是棘手，如何得保師門令譽，實非容易。

大廳之上，宋遠橋、俞蓮舟、殷梨亭三人陪著賓客說些客套閒話。他三人也早瞧出這些客人來勢不對，心中各自嘀咕。

正說話間，小道僮又進來報道：「峨嵋門下弟子靜玄師太，率同五位師弟妹，來向師祖拜壽。」宋遠橋和俞蓮舟一齊微笑，望著殷梨亭。這時莫聲谷正從外邊陪著八九位客人進廳，張松溪、張翠山剛從內堂轉出，聽到峨嵋弟子到來，也都向著殷梨亭微笑。殷梨亭滿臉通紅，神態忸怩。張翠山拉著他手，笑道：「來來來，咱兩個去迎接貴賓。」

兩人迎出門去。只見那靜玄師太已有四十來歲年紀，身材高大，神態威猛，雖是女子，卻比尋常男子還高了半個頭。她身後五個師弟妹中，一個是三十來歲的瘦男子，兩個是尼姑，其中靜虛師太張翠山已在海上舟中會過。另外兩個都是二十來歲的姑娘，一個抿嘴微笑，另一個膚色雪白、長挑身材的美貌女郎低頭弄著衣角，那自是殷梨亭的未過門妻子、金鞭紀家的紀曉芙姑娘了。

張翠山上前見禮道勞，陪著六人入內。殷梨亭極是靦腆，一眼也不敢向紀曉芙瞧去，行到廊下，見眾人均在前面，忍不住向紀曉芙望去。這時紀曉芙低著頭剛好也斜了他一眼，兩人目光相觸。紀曉芙的師妹貝錦儀大聲咳嗽了一下。兩人羞得滿臉通紅，一齊轉頭。貝錦儀噗哧一聲笑了出來，低聲道：「師姊，這位殷師哥比你還會害臊。」突然之間，紀曉芙身子顫抖了幾下，臉色慘白，眼眶中淚珠瑩然。

張松溪一直在盤算敵我情勢，見峨嵋六弟子到來，稍覺寬心，暗想：「紀姑娘是六弟未過門的妻子，待會倘若說僵了動手，峨嵋派或會助我們一臂之力。」

各路賓客絡繹而至，轉眼已是正午。紫霄宮中絕無預備，那能開甚麼筵席？火工道人只能每人送一大碗白米飯，飯上鋪些青菜豆腐。武當六弟子連聲道歉。但見眾人一面扒飯，一面不停的向廳門外張望，似乎在等甚麼人。

宋遠橋等細看各人，見各派掌門、各幫幫主大都自重，身上未帶兵刃，但門人部屬有很多腰間脹鼓鼓地，顯是暗藏兵器，只峨嵋、崑崙、崆峒三派的弟子才全部空手。宋遠橋等都心下不忿：「你們既說來跟師父祝壽，卻又爲何暗藏兵刃？」

又看各人所送的壽禮，大都是從山下鎮上臨時買的一些壽桃壽麵之類，倉卒間隨便置辦，不但跟張三丰這位武學大宗師的身分不合，也不符各派宗主、首腦的排場。只峨嵋派送的才是眞正重禮，十六色珍貴玉器之外，另有一件大紅錦緞道袍，用金線繡著一百個各不相同的「壽」字，花的功夫甚是不小。靜玄師太向張三丰言道：「這是峨嵋門下十個女弟子合力繡成的。」張三丰心下甚喜，笑道：「峨嵋女俠拳劍功夫天下知名，今日卻來給老道繡了這件壽袍，那可眞貴重之極了。」

張松溪眼瞧各人神氣，尋思：「不知他們還在等待甚麼強援？偏生師父不喜熱鬧，武當派的至交好友事先一位也沒邀請，否則也不致落得這般衆寡懸殊、孤立無援。」他想，師父交遊遍於天下，七兄弟又行俠仗義、廣結善緣，倘若事先有備，自可邀得數十位高手前來同慶壽誕。

俞蓮舟在張松溪身邊悄聲道：「咱們本想過了師父壽誕之後，發出英雄帖，在武昌黃鶴樓頭開英雄大宴，不料一著之失，全盤受制。」他心中早已盤算定當，在英雄大宴之中，由張翠山說明不能出賣朋友的苦衷。凡在江湖上行走之人，對這個「義」字都看得極重，張翠山只須坦誠相告，誰也不能硬逼他做不義之徒。便有人不肯罷休，英雄宴中自有不少和武當派交好的高手，當眞須得以武相見，也決不致落了下風。那料到對方已算到此著，竟以祝壽爲名，先自約齊人手，擁上山來，攻了個武當派措手不及。

張松溪低聲道：「事已至此，只有拚力死戰。」武當七俠中以張松溪最爲足智多謀，遇上難題，他往往能忽出奇計，轉危爲安。兪蓮舟心下黯然：「連四弟也束手無策，看來今日武當六弟子要血濺山頭了。」若以一對一而論，來客之中只怕誰也不是武當六俠的對手，可是此刻山上之勢，不僅是二十對一，而是三四十對一的局面。

張松溪扯了扯兪蓮舟衣角，兩人走到廳後。張松溪道：「待會說僵之後，若能用言語擠住了他們，單打獨鬥，以六陣定輸贏，咱們自是立於不敗之地，可是他們有備而來，定然想到此節，決不會答允只鬥六陣便算，勢必是個羣毆的局面。」兪蓮舟點頭道：「咱們第一是要救出三弟，決不能讓他再落入人手，更受折辱，這件事歸你辦。五弟妹身子恐怕未曾大好，你叫五弟全力照顧她，應敵禦侮之事，由我們四人多盡些力。」

張松溪點頭道：「好，便是這樣。」微一沉吟，道：「或有一策，可以行險僥倖。」兪蓮舟喜道：「行險僥倖，那也說不得了。四弟有何妙計？」張松溪道：「咱們各人認定一個對手，對方一動手，咱們一個服侍一個，一招之內便擒在手中。敎他們有所顧忌，不敢強來。」

兪蓮舟躊躇道：「若不能一招便即擒住，旁人必定上來相助。要一招得手，只怕……」張松溪道：「大難當頭，出手狠些也說不得了。使『虎爪絕戶手』！」兪蓮舟打了個突，說道：「『虎爪絕戶手』？今日是師父大喜的日子，使這門殺手，太狠毒了罷？」

原來武當派有一門極厲害的擒拿手法，叫作「虎爪手」。俞蓮舟學會之後，總嫌其一拿之下，對方若武功高強，仍能強運內勁掙脫，不免成爲比拚內力的局面，於是自加變化，從「虎爪手」中脫胎，創了十二招新招出來。

張三丰收徒之先，對每人的品德行爲、資質悟性，都曾詳加查考，因此七弟子入門之後，無一不成大器，不但各傳師門之學，且能各依自己天性所近，另創新招。俞蓮舟變化「虎爪手」的招數，原本不是奇事。但張三丰見他試演之後，只點了點頭，不加可否。俞蓮舟見師父不置一詞，知道招數之中必定還存著極大毛病，潛心苦思，更求精進。數月之後，再演給師父看時，張三丰嘆了口氣，道：「蓮舟，這一十二招虎爪手，比我教給你的是厲害多了。不過你招招拿人腰眼，不論是誰受了一招，都有損陰絕嗣之虞。難道我教你的正大光明武功還不夠，定要一出手便令人絕子絕孫麼？」俞蓮舟聽了師父這番教訓，雖在嚴冬，也不禁汗流浹背，心下懍然，當即認錯謝罪。

過了幾日，張三丰將七名弟子都叫到跟前，將此事說給各人聽了，最後道：「蓮舟所創的這一十二下招數，苦心孤詣，算得上是一門絕學，若憑我一言就此廢棄，也挺可惜，大家便跟蓮舟學一學罷，只不過若非遇上生死關頭，決計不可輕用。我在『虎爪』兩字之下，再加上『絕戶』兩字，要大家記得，這路武功是令人斷子絕孫、毀滅門戶的殺手。」七弟子拜領教誨。俞蓮舟便將這路武功傳了六位同門。七人學會以來，果然恪遵師訓，一次也沒使過。今日到了緊急關頭，張松溪提了出來，俞蓮舟仍頗爲躊躇。

張松溪道：「這『虎爪絕戶手』擒拿對方腰眼之後，多半會令他永遠不能生育。小弟卻有個計較，咱們只找和尚、道士作對手，要不然便是七八十歲的老頭兒。」俞蓮舟微微一笑，說道：「四弟果然心思靈巧，和尚道士便不能生兒子，那也無妨。七八十歲的老頭兒恰恰正好，各門派的首腦，多半已七老八十啦！」

兩人計議已定，分頭去告知宋遠橋和三個師弟，每人認定一名對手，只待張松溪大叫一聲「啊喲」，六人各使「虎爪絕戶手」扣住對手。俞蓮舟選的是崆峒五老中年紀最高的一老關能。崑崙派掌門何太沖年歲未老，張翠山便選了崑崙派道人西華子。宋遠橋、張松溪、殷梨亭等選定了神拳門、巨鯨幫等幫會的首領。

大廳上衆賓客用罷便飯，火工道人收拾了碗筷。張松溪朗聲說道：「諸位前輩，各位朋友，今日家師百歲壽誕，承衆位光降，敝派上下盡感榮寵，不過招待簡慢之極，還請原諒。家師原要邀請各位同赴武昌黃鶴樓共謀一醉，今日不恭之處，那時再行補謝。敝師弟張翠山遠離十載，今日方歸，他這十年來的遭遇經歷，還未及詳行稟明師長。再說今日是家師大喜的日子，倘若談論武林中的恩怨鬥殺，未免不祥，各位遠道前來祝壽的一番好意，也變成存心來尋事生非了。各位難得前來武當，便由在下陪同，赴山前山後賞玩風景如何？」他這番話先將衆人的口堵住了，聲明在先，今日乃壽誕吉期，倘若有人提起謝遜和龍門鏢局之事，便是存心和武當派爲敵。

這些人連袂上山，除了峨嵋派之外，原均不惜一戰，以求逼問出金毛獅王謝遜的下落，但武當派威名赫赫，無人敢單獨與其結下樑子。倘若數百人一擁而上，那自是無所顧忌，可是要誰挺身而出，先行發難，卻是誰都不想作這冤大頭。

衆人面面相覷，僵持了片刻。崑崙派的西華子站起身來，大聲道：「張四俠，你不用把話說在頭裏。我們明人不作暗事，打開天窗說亮話，此番上山，一來是跟張眞人祝壽，二來正是要打聽一下謝遜那惡賊的下落。」

莫聲谷憋了半天氣，這時再也難忍，冷笑道：「好啊，原來如此，怪不得，怪不得！」西華子睁大雙目，問道：「甚麼怪不得？」莫聲谷道：「在下先前聽說各位來到武當，是來給家師拜壽，但見各位身上暗藏兵刃，心下好生奇怪，難道大家帶了寶刀寶劍，來送給家師作壽禮麼？這時候方才明白，送的竟是這樣一份壽禮。」

西華子一拍身子，跟著解開道袍，大聲道：「莫七俠瞧清楚些，小小年紀，莫要含血噴人。我們身上誰暗藏兵刃來著。」莫聲谷冷笑道：「很好，果然沒有。」伸出兩指，輕輕在身旁的兩人腰帶上一扯。他出手快極，這麼一扯，已將兩人的衣帶拉斷，但聽得嗆啷、嗆啷接連兩聲響過，兩柄短刀掉在地下，青光閃閃，耀眼生花。

這一來，衆人臉色盡皆大變。西華子大聲道：「不錯，張五俠倘若不肯告知謝遜的下落，那麼掄刀動劍，也說不得了。」

張松溪正要大呼「啊喲」爲號，先發制人，忽然門外傳來一聲：「阿彌陀佛！」這聲佛號清清楚楚的傳進衆人耳鼓，又清又亮，似是從遠處傳來，但聽來又像發自身旁。

張三丰笑道：「原來是少林派空聞禪師到了，快快迎接。」門外那聲音接口道：「少林寺住持空聞，率同師弟空智、空性，暨門下弟子，恭祝張眞人千秋長樂。」

空聞、空智、空性三人，是少林四大神僧中的人物，空見大師已然圓寂，其餘三位神僧竟盡數到來。張松溪一驚之下，那一聲「啊喲」便叫不出聲，少林高手既大舉來到武當，他六人便以「虎爪絕戶手」制住了崑崙、崆峒等派的人物，還是無用。

崑崙派掌門何太沖道：「久仰少林神僧清名，今日有幸得見，眞不虛此行了。」門外另一個較爲低沉的聲音說道：「這一位想是崑崙掌門何先生了。幸會，幸會！張眞人，老衲等拜壽來遲，實是不恭。」張三丰道：「今日武當山上嘉賓雲集，老道只不過虛活了一百歲，敢勞三位神僧玉趾？」他四人隔著數道門戶，各運內力互相對答，便如對面晤談一般。峨嵋派的靜玄師太、靜虛師太，崆峒派的關能、宗維俠、唐文亮、常敬之等功力不逮，便插不下口去。其餘各幫各派的人物更加自愧不如。

張三丰率領弟子迎出，只見三位神僧率領著九名僧人，緩步走到紫霄宮前。

張三丰和空聞等雖均是武林中的大宗師，但從未見過面。論起年紀，張三丰比他們大上三四十歲。他出身少林，若從他師父覺遠大師行輩敘班，那麼他比空聞等也要高上兩輩。但他既非在少林寺受戒為僧，又沒正式跟少林僧人學過武藝，當下各以平輩之禮相見。宋遠橋等反矮了一輩。

那空聞大師白眉下垂，直覆到眼上，便似長眉羅漢一般；空性大師身軀雄偉，貌相威武；空智大師卻是一臉苦相，嘴角下垂。宋遠橋暗暗奇怪，他頗精於風鑑相人之學，心道：「常人生了空智大師這副容貌，若非短命，便必早遭橫禍，何以他非但得享高壽，還成為武林中人所共仰的宗師？看來我這相人之學，所知實在有限。」

張三丰迎著空聞等進入大殿。何太沖、靜玄師太、關能等上前相見，互道仰慕，又是一番客套。偏生空聞大師極是謙抑，對每一派每一幫的後輩子弟都要合什為禮，招呼幾句，亂了好一陣，數百人才一一引見完畢。

空聞、空智、空性三位高僧坐定，喝了一杯清茶。空聞說道：「張眞人，貧僧依年紀班輩說，都是你的後輩。今日除了拜壽，原不該另提別事。但貧僧忝為少林派掌門，有幾句話要向前輩坦率相陳，還請張眞人勿予見怪。」

張三丰向來豪爽，開門見山的便道：「三位高僧，可是為了我這第五弟子張翠山而來麼？」張翠山聽得師父提到自己名字，便站了起來。

空聞道：「正是。我們有兩件事，要請教張五俠。第一件，張五俠殺了我少林派的龍門鏢局滿局七十一口，又擊斃少林僧人三人，這七十四人的性命，該當如何了結？第二件事，敝師兄空見大師，一生慈悲有德，與人無爭，卻慘爲金毛獅王謝遜害死，聽說張五俠知曉那姓謝的下落，還請張五俠賜示。」

張翠山朗聲道：「空聞大師，龍門鏢局和少林僧人這七十四口人命，絕非晚輩所傷。張翠山一生受恩師訓誨，雖然愚庸，卻不敢打誑。至於傷這七十四口性命之人是誰，晚輩倒也知曉，可是不願明言。這是第一件。那第二件呢，空見大師圓寂，天下無不痛悼，那金毛獅王謝遜和晚輩有八拜之交，義結金蘭，謝遜身在何處，實不相瞞，晚輩原也知悉。但我武林中人，最重一個『義』字，張翠山頭可斷，血可濺，我義兄的下落，決計不能吐露。此事跟我恩師無關，跟我衆同門亦無干連，只由張翠山一人擔當。各位若欲以死相逼，要殺要剮，便請下手。姓張的生平沒做過半件貽羞師門之事，沒妄殺過一個好人，各位今日定要逼我不義，有死而已。」他這番話侃侃而言，滿臉正氣。

空聞唸了聲：「阿彌陀佛！」心想：「聽他言來，倒似不假，這便如何處置？」

便在此時，大廳的落地長窗之外忽然有個孩子聲音叫道：「爹爹！」

張翠山心頭大震，這聲音正是無忌，驚喜交集之下，大聲叫道：「無忌，你回來了？」搶步出廳。崆峒派和神拳門各有一人站在大廳門口，只道張翠山要逃走，齊聲叫道：「往那裏逃？」伸手便抓。張翠山思子心切，使一招「天」字訣中的一撇一捺，雙臂分振，將兩人摔得分跌左右丈餘，奔到長窗之外，只見空空蕩蕩，哪有半個人影？

他大聲叫道：「無忌，無忌！」並無回音。廳中十餘人追了出來，見他並未逃走，也就不上前圍堵，均站在一旁監視。

張翠山又叫：「無忌，無忌！」仍無人答應。他回到大廳，向空聞行了一禮，道：「晚輩思念犬子，致有失禮，請大師見諒。」

空智說道：「善哉，善哉！張五俠思念愛子，如痴如狂，難道謝遜所害那許許多多人，便沒父母妻兒麼？」他身子瘦瘦小小，出言卻聲如洪鐘，只震得滿廳衆人耳中嗡嗡作響。張翠山心亂如麻，無言可答。

空聞方丈向張三丰道：「張眞人，今日之事如何了斷，還須請張眞人示下。」

張三丰道：「我這小徒雖無他長，卻還不敢欺師，諒他也不敢欺誑三位少林高僧。龍門鏢局的人命和貴派弟子，不是他傷的。謝遜的下落，他是不肯說的。」

空智冷笑道：「但有人親眼瞧見張五俠殺害我門下弟子，難道武當弟子不打誑，少林門人便會打誑麼？」左手一揮，他身後走出三名中年僧人。

三名僧人各眇右目，正是在臨安府西湖邊遭殷素素用銀針打瞎的少林僧圓心、圓音、圓業。

這三僧隨著空聞大師等上山，張翠山早已瞧見，心知定要對質西湖邊上的鬥殺之事，果然空智大師沒說幾句話，便將三僧叫了出來。張翠山心中爲難之極，西湖之畔行兇殺人，確實不是他下的手，可是眞正下手之人，這時已成了他妻子。他夫妻情義深重，如何不加庇護？然而當此情勢，卻又如何庇護？

「圓」字輩三僧之中，圓業的脾氣最爲暴躁，依他心性，一見張翠山便要動手拚命，礙於師伯、師叔在前，這才強自壓抑，這時師父將他叫了出來，當即大聲說道：「張翠山，你在臨安西湖之旁，用毒針自慧風口中射入，傷他性命，是我親眼目睹，難道冤枉你了？我們三人的右眼給你用毒針射瞎，難道你還想混賴麼？」

張翠山這時只有辯得一分便是一分，說道：「我武當門下，所學暗器雖也不少，但均是鋼鏢袖箭的大件暗器。我同門七人，在江湖上行走已久，可有人見到武當弟子使過金針、銀針之類暗器麼？至於針上餵毒，更加不必提起。」武當七俠出手向來光明正大，武林中衆所周知，若說張翠山用毒針傷人，衆人確實難以相信。

圓業怒道：「事到如今，你還在狡辯？那日針斃慧風，我和圓音師兄瞧得明明白白。倘若不是你，那麼是誰？」張翠山道：「貴派有人受傷遭害，便要著落武當派告知貴派傷人者是誰，天下可有這等規矩？少林派自唐初開派，數百年來，所有受傷遭害之人，沒有一千，也有八百，難道都要算在武當派帳上？」他口齒伶俐，能言善辯。圓業狂怒之下，說話越來越不成章法，將少林派一件本來大爲有理之事，竟說成了強辭奪理一般。

張松溪接口道：「圓業師兄，到底那幾位少林僧人傷在何人手下，一時也辯不明白。可是敝師兄俞岱巖，卻明明是爲少林派的金剛指力所傷。各位來得正好，我們正要請問，用金剛指力傷我三哥的是誰？」圓業張口結舌，說道：「不是我！」

張松溪冷笑道：「我也知道不是你，諒你也未必已練到這等功夫。」他頓了一頓，又道：「若是我三師哥身子健好，跟貴派高手動起手來，傷在金剛指力之下，那也只怨他學藝不精，既然動手過招，總有死傷，又有甚麼話說？難道動手之前，還能立下保單，保證毛髮不傷麼？可是我三師哥是在大病之中，身子動彈不得，那位少林弟子卻用金剛指力，硬生生折斷他四肢，逼問他屠龍刀的下落。」說到這裏，聲音提高，道：「想少林派武功冠於天下，早已是武林至尊，又何必非得這柄屠龍寶刀不可？何況那屠龍寶刀我三哥也只見過一眼，貴派弟子如此下手逼問，手段也未免太毒辣了。俞岱巖在江湖上也算薄有微名，生平行俠仗義，爲武林中作過不少好事，如今給少林弟子害得終身殘廢，十年來臥床不起。我們正要請三位神僧作個交代。」

爲了俞岱巖受傷、龍門鏢局滿門遭難之事，少林武當兩派十年來早已費過不少唇舌，只因張翠山失蹤，始終難作了斷。張松溪見空智、圓業等聲勢洶洶，便又提了這件公案出來。

空聞大師道：「此事老衲早已說過，老衲曾詳查本派弟子，並沒一人加害俞三俠。」張松溪伸手入懷，摸出了一隻金元寶，金錠上指痕明晰，大聲道：「天下英雄共見，害我俞三哥之人，便是在這金元寶上捏出指痕的少林弟子。除了少林派的金剛指力，還有那一家、那一派的武功能捏金生印麼？」圓音、圓業指證張翠山，不過憑著口中言語，張松溪卻取了物證出來，比之徒託空言，顯然更加有力。

空聞道：「善哉，善哉！本派練成金剛指力的，除了我師兄弟三人，另外只有三位前輩長老。可是這三位前輩長老不離少林寺門均已有三四十年之久，怎能傷得了俞三俠？」莫聲谷突然插口道：「大師不信我五師哥之言，說他是一面之辭，難道大師所說的，便不是一面之辭麼？」

空聞大師甚有涵養，雖聽他出言挺撞，也不生氣，只道：「莫七俠若不信老衲之言，那也無法。」莫聲谷道：「晚輩怎敢不信大師之言？然世事變幻，是非眞僞，往往出人意表。各位說那幾位少林高僧傷於我五師哥之手，我們又認定敝三師兄傷於少林高手的指下，說不定其間另有隱秘。以晚輩之見，此事應從長計議，免傷少林、武當兩派和氣。倘若魯莽從事，將來眞相大白，難免後悔。」空聞點頭道：「莫七俠之言不錯。」

空智厲聲道：「難道我空見師兄的血海沉冤，就此不理麼？張五俠，龍門鏢局之事，我們暫且不問，但那惡賊謝遜的下落，你今日說固然要你說，不說也要你說。」

俞蓮舟一直默不作聲，突然朗聲說道：「倘若那屠龍寶刀不在謝遜手中，大師還是這般急於尋訪他的下落麼？」他說話不多，但這兩句話卻極厲害，竟是直斥空智覬覦寶物，心懷貪念。

空智大怒，啪的一掌，擊在身前的木桌之上，喀喇一響，那桌子四腿齊斷，桌面木片紛飛，登時粉碎，這一掌威力驚人。他大聲喝道：「久聞張眞人武功源出少林。武林中言道，張眞人功夫靑出於藍，我們仰慕已久，卻不知此說是否言過其實。今日我們便在天下英雄之前，斗膽請張眞人不吝賜教。」

他此言一出，大廳中羣相聳動。張三丰成名垂七十年，當年跟他動過手的人已死得乾乾淨淨，世上再無一人。他武功到底如何了得，武林中只流傳各種各樣神奇的傳說而已，除他嫡傳的七名弟子之外，誰也沒親眼見過。但宋遠橋等武當七俠威震天下，徒弟已是如此，師父的本領不言可喻。少林、武當兩派之外的衆人聽空智竟公然向張三丰挑戰，無不大爲振奮，心想今日可目睹當世第一高手顯示武功，實不虛此行。

衆人的目光一齊集在張三丰臉上，瞧他是否允諾，只見他微微一笑，不置可否。

空智說道：「張眞人武功蓋世，天下無敵，我少林三僧自非張眞人對手。但實逼處此，貴我兩派的糾葛，若不各憑武功一判強弱，總是難解。我師兄弟三人不自量力，要聯手請張眞人賜敎。張眞人高著我們兩輩，倘若以一對一，那是對張眞人太過不敬了。」

衆人心想：「你話倒說得好聽，卻原來是要以三敵一。張三丰武功雖高，但百齡老人，精力已衰，未必擋得住少林三大神僧的聯手合力。」

俞蓮舟說道：「今日是家師百歲壽誕，豈能和嘉賓動手過招……」衆人聽到這裏，都想：「武當派果然不敢應戰。」那知俞蓮舟接下去說道：「何況正如空智大師言道，家師和三位神僧班輩不合，若眞動手，豈不落個以大欺小之名？但少林高手既然叫陣，武當七弟子，討敎少林派十二位高僧的精妙武學。」

衆人聽了這話，又是轟的一聲，紛紛議論起來。空聞、空智、空性各帶三名弟子上山，共是十二名少林僧。衆人均知俞岱巖全身殘廢，武當七俠只賸下六俠，以六人對十二人，那是以一敵二之局。俞蓮舟如此叫陣，可說是自高武當派身分了。

俞蓮舟這一下看似險著，實則也是逼不得已，他深知少林三大神僧功力甚高，年紀遠比自己師兄弟爲大，修爲亦自較久，倘若單打獨鬥，大師哥宋遠橋當可和其中一人戰成平手，自己傷後初愈，未必能擋得住一位神僧。至於餘下的一位，不論張松溪、殷梨亭或莫聲谷，都非輸不可。他這般叫陣，明是師兄弟六人鬥他十二名少林僧，其實那九名少林弟子料想殊不足畏，說起來武當派是以少敵多，其實卻是武當六弟子合鬥少林三神僧。

空智如何不明白這中間的關節，哼了一聲，說道：「張眞人既不肯賜教，那麼我們師兄弟三人，逐一向武當六俠中的三人請教，三陣分勝敗，三陣中勝得兩陣者爲贏。」

張松溪道：「空智大師定要單打獨鬥，那也無不可。只是我們師兄弟七人，除了三哥俞岱巖因遭少林派弟子毒手，以致無法起床，餘下六人卻誰也不敢退後。我們六陣分勝敗，武當六弟子分別迎戰少林六位高僧，六陣中勝得四陣者爲贏。」莫聲谷大聲道：「便是這樣。倘若武當派輸了，張五師哥便將金毛獅王，尤其是屠龍寶刀的下落告知少林寺方丈。倘若少林派承讓，便請三位高僧帶同這許多拜壽爲名、尋事爲實的朋友，一齊下山去罷！」

張松溪提出這個六人對戰之法，可說已立於不敗之地，料知大師哥、二師哥的武功大致和三大神僧相若，至於其餘的少林僧，卻勢必連輸三陣。

空智搖頭道：「不妥，不妥。」但何以不妥，卻又難以明言。

張松溪道：「三位向家師叫陣，說是要以三對一。待得我們要以六人對少林派十二位高僧，空智大師卻又要單打獨鬥。我們答允單打獨鬥，大師卻又說不妥。這樣罷，便由晚輩一人鬥一鬥少林三大神僧，這樣總妥當了罷？三位將晚輩一舉擊斃，便算是少林派勝了，豈不爽快？」

空智勃然變色。空聞口誦佛號：「阿彌陀佛！」空性自上武當山後從未說過一句話，這時忽然說道：「兩位師哥，這位張小俠要獨力鬥三僧，咱們便上啊！」他武功雖高，但自幼出家爲僧，不通世務，聽不懂張松溪的譏刺之言。

空聞道：「師弟不可多言。」轉頭向宋遠橋道：「這樣罷，我們少林六僧，領教武當六俠的高招，一陣定輸贏。」

宋遠橋朗聲道：「好，我們六個對六個，一陣定輸贏！」轉頭對俞蓮舟低聲道：「二弟，眞武七截當然最好，迫不得已，眞武六截也當天下無敵！」俞蓮舟、張松溪等立時明白宋遠橋這句話的用意。

原來張三丰有一套極得意的武功，叫做「眞武七截陣」。武當山供奉的是眞武大帝。一日他見到眞武神像座前的龜蛇二將，想起長江和漢水之會的蛇山、龜山，心想長蛇靈動，烏龜凝重，眞武大帝左右一龜一蛇，正是兼收至靈至重的兩件物性，當下連夜趕到漢陽，凝望蛇龜二山，從蛇山蜿蜒之勢、龜山莊穩之形中間，創了一套精妙無方的武功出來。那龜蛇二山大氣磅礴，從山勢演化出來的武功，森然萬有，包羅極廣，决非一人之力所能同時施爲。張三丰悄立大江之濱，不飲不食凡三晝夜之久，潛心苦思，始終想不通這個難題。到第四天早晨，旭日東昇，照得江面上金蛇萬道，閃爍不定。他猛地省悟，哈哈大笑，回到武當山上，將七名弟子叫來，每人傳了一套武功。

這七套武功分別行使，固然各有精妙之處，但若二人合力，則師兄弟相輔相成，攻守兼備，威力便即大增，若至七人同施，猶如六十四位當世一流高手同時出手。當世之間，算得上第一流高手的也不過寥寥二三十人，哪有這等機緣，將這許多高手聚合一起？便集在一起，這些高手有正有邪，或善或惡，又怎能齊心合力？

張三丰這套武功由眞武大帝座下龜蛇二將而觸機創制，便名之爲「眞武七截陣」。他當時苦思難解者，總覺顧得東邊，西邊便有漏洞，同時南邊北邊，均予敵人以可乘之機，後來想到可命七弟子齊施，才破解了這個難題。這「眞武七截陣」不能由一人施展，總不免遺憾，但轉念想到：「這路武功倘若一人能使，豈非單是一人，便可匹敵當世六十四位第一流高手，這念頭也未免過於荒誕狂妄了。」不禁啞然失笑。

武當七俠成名以來，無往不利，不論多厲害的勁敵，最多兩三人聯手，便足以克敵取勝，這「眞武七截陣」從未用過一次。此時宋遠橋眼見大敵當前，心想雖因俞岱巖受傷，湊不成眞武七截陣，但兄弟六人共使此陣，對手少林三神僧功力縱強，攜同上山的弟子縱有深藏不露的硬手，然六僧合力，決計敵不過「眞武六截陣」，此戰必勝，乃可斷言。

俞岱巖受傷之後，手足癱瘓，飲食沐浴等事均由兩名小道僮淸風、明月服侍。殷素素臥病在床，飯膳茶水等等也就由淸風、明月送奉。當外客紛至之時，觀中人手不足，兩名小道僮幫著在廳堂中斟茶送菜。兩人見少林高僧與宋太師伯說僵了要動手，又緊張，又興奮，齊道：「我們跟五太師嬸說去，請她也來瞧瞧！」這是武林中難得一見的高手大比武，殷素素平日對二僮和顏悅色，甚是客氣，二僮不願她錯失了眼福，匆匆進去稟告。

殷素素先前聽得各門各派來了不少賓客，料想多半與義兄謝遜和龍門鏢局之事有關，早就結束定當，腰懸佩劍，聽得二僮進來告知，便即隨著來到廳後，低聲道：「我在這裏瞧好了，不到外面去。」她的目光首先便停在夫婿張翠山身上，但見他神色黯然，眼光中頗有愁苦之意。

只見空性神僧已縱到大廳外的空地上，叫道：「少林六僧對武當六俠，一陣見輸贏！只比勝負，不決生死！」雙手成龍爪之形，凌空一抓，嗤嗤聲響。

忽見少林僧衆中走出一人，瞎了右目，滿臉怒容，戟指怒道：「張翠山，虧你自稱『張五俠』，可不教天下人笑歪了嘴巴？那晚在臨安府龍門鏢局之中，連殺都大錦滿門老小七十一人，你敢說不是你嗎？那晚身穿青色書生衣巾，手拿摺扇，裝作一副儒雅君子模樣，其實卻是個無恥之徒，你能對天發誓，那個人不是你嗎？」說這幾句話的正是圓業。適才他爲張翠山和張松溪的話給堵回，心下愈想愈不忿，眼見掌門方丈、師父等便要動手，一股怒氣難平，忍不住又罵了出來。

殷素素見丈夫臉現痛楚之色，那和尚罵一句，張翠山臉上的肌肉便抽搐一下。只聽圓業又粗聲罵道：「張翠山，你是張眞人的弟子，張眞人教出來的徒弟，可有這般濫殺無辜、做了惡事不認的嗎？你武當派枉稱俠義，在江湖上騙人騙了幾十年，到底有沒有三分羞恥之心？」

殷素素瞧著丈夫握緊拳頭的手輕輕發顫，又見他站起身來，似乎頭暈，微微轉了個圈子，復又跌坐回椅上，不禁心如刀割。只聽得廳外空地上那老僧叫道：「少林六僧對武當六俠，到底打不打啊？」

宋遠橋、俞蓮舟、張松溪等望著張翠山，都知他聽了圓業的責罵，只因殺人的是他妻子殷素素，既不便否認，又累了武當派清名，以致心中有愧。俞蓮舟和張翠山夫婦水陸長途共行，張翠山全不隱瞞，向他吐露心事最多，見到五弟這等情狀，凜然心驚：「五弟心情激憤，看來要好好站立也支持不定；我受那假蒙古兵掌傷之後，內息一直未能調勻，內力大打折扣，師兄弟六人之中，只剩四人完好，只怕補不了四面八方的破綻缺陷，最怕的是他四人還須分心照顧我與五弟，那可如何是好？」心中一驚，額頭冷汗涔涔。

殷素素眼見夫婿心神不定，身子搖晃，而武功卓絕的二伯又臉色大變，額頭出汗，顯是面臨極大危難，胸中熱血上湧，從板壁後竄了出來，躬身向張三丰屈膝行禮，叫了聲：「師父！」轉身向著空聞、空智，以及戟指怒斥張翠山的圓業，朗聲說道：「你們幾位來到武當山上，責問我丈夫張翠山……」空智不等她說完，揷口問道：「女施主便是張五俠的夫人？老僧聽人說道，女施主乃天鷹敎敎主殷白眉的千金，這可不錯吧？」

殷素素道：「不錯！我爹爹便是天鷹敎敎主白眉鷹王殷天正，我是天鷹敎的紫微堂堂主，在敎中坐第三把交椅。你們冤枉張五俠的那番話，全是一派胡言。虧你們自居名門正派，卻在衆家英雄之前胡說八道，睜著眼睛說瞎話，可笑啊，可笑！」空智冷冷的道：「有甚麼可笑？」

殷素素道：「臨安府龍門鏢局那場血案，決計不是武當派張五俠做的。你們硬要栽贓，那還不可笑？」空智搖頭道：「張夫人邪僻成性，指鹿爲馬，這……這倒令人爲難了。」殷素素道：「你們胡亂指責張五俠，顚倒是非，武林中還有公道沒有？甚麼叫做名門正派，難道混淆黑白，便算名門正派嗎？」

空性在大廳外將龍爪手使得呼呼風響，不見武當六俠出來接戰，自覺沒趣，回入大廳，大聲問道：「到底誰在顚倒是非，混淆黑白？」

殷素素大聲道：「龍門鏢局那七十幾條性命明明不是張五俠殺的，你們冤枉於他，那便是顚倒是非，混淆黑白！」空性喝道：「那麼是誰殺的？」

殷素素挺胸說道：「是我殺的！那時我還沒嫁給張五俠，跟他素不相識！明明是天鷹教幹的事，你們卻栽在武當派頭上，豈不冤枉？你們要報仇，便去找天鷹教好了。天鷹教的總舵，便在江南海鹽縣南北湖的鷹窠頂！」

來到武當山問罪的各門派幫會聽得殷素素自認殺了龍門鏢局滿門，登時變得師出無名，均感沒味。衆人此行眞正目的是在謝遜，卻也變成失卻了藉口，人人均感空空蕩蕩。

空聞說道：「好！冤有頭，債有主，你是女流之輩，我們去找天鷹教殷天正便了。」轉身向張三丰合什道：「張眞人，張夫人既歸入了貴派門下，今後再濫殺無辜，只怕貴派也得擔些干係才是。武林之中，終究要講一個『理』字，可不能恃強爲勝啊！」

張三丰道：「這個自然。武林之中，可不能任意顚倒是非，混淆黑白。」他引了殷素素所說「顚倒是非，混淆黑白」八個字，還敬他一句。

空聞向殷素素道：「請問張夫人，你何以濫施毒手，殺了龍門鏢局滿門老小？」殷素素凜然道：「龍門鏢局沒好好護送俞三俠！我們天鷹教害了他，我雖不是男子漢，卻也知道一人作事一身當的道理。我要去向俞三俠直承其事！」向張翠山道：「五哥，你妻子年輕時行事任性，連累了你，好生過意不去。我要去向三伯吐露眞相，由他處罰。」說著轉身入內。張翠山站起身來，跟在其後，腳下微見踉蹌。殷梨亭伸手相扶，俞蓮舟、張松溪、莫聲谷等跟著入內。宋遠橋道：「我在這裏陪師父！」

殷素素由淸風、明月二道僮帶路，來到俞岱巖的臥室。她走到俞岱巖床前，見他向天仰臥，身上蓋了條薄被，顫聲道：「三伯，我是你五弟妹，我對你做了好大的錯事，本來沒臉來見你，但這件事不能隱瞞一輩子……我是來求你斬斷我一條臂膀的，雖不能說是贖罪，但至少可讓我今後能光明正大的叫你一聲：『三伯！』可以無驚無懼的做張翠山的妻子……」說著拔出佩劍，倒轉了手持劍頭，將劍柄伸向俞岱巖。

張翠山滿腹疑惑，瞥了妻子一眼，見她臉上盡是愧疚和憂慮之色。

俞岱巖並不伸手接劍，只呆呆出神，眼色中透出異樣光芒，又痛苦，又怨恨，顯是想起了一件畢生的恨事。俞蓮舟、殷梨亭等望望俞岱巖，又望望殷素素，各人心中均充塞了不祥之感。一時室中寂靜無聲，幾乎連各人的心跳聲也可聽見。

只見俞岱巖喘氣漸急，蒼白的雙頰之上湧起了一陣紅潮，輕聲說道：「五弟妹，請你說說這幾句話：『第一，要請你都總鏢頭親自押送。第二，自臨安府送到湖北襄陽府，必須日夜不停趕路，十天之內送到。若有半分差池，別說你都總鏢頭性命不保，叫你龍門鏢局滿門鷄犬不留。』」

各人聽他緩緩說來，不自禁的都出了一身冷汗。

殷素素道：「三伯，你果然了不起，聽出了我的口音，那日在臨安府龍門鏢局之中，委託都大錦將你送上武當山來的，便是小妹。」俞岱巖道：「多謝弟妹好心。」殷素素道：「後來龍門鏢局途中出了差池，累得三伯如此，是以小妹將他鏢局子中老老少少一起殺光了。」俞岱巖冷冷的道：「我起初還對你感激，要報你的大恩。你上山之後，我從五弟口中得知你是天鷹教中人，便想和你一見，查問一些事，可是你一直推託不見。」

殷素素臉色黯然，嘆了口長氣，說道：「三伯，今日我便是來向你告罪，小妹這件事大錯而特錯！不過我得明言，此事翠山一直瞞在鼓裏，半分不知，我是怕……怕他知曉之後，從此……從此不再理我。」

俞岱巖靜靜的道：「事已如此，往事不可追，何必有礙你夫婦之情？過了這些年，我一切早看得淡了。就算手足完好，卻又如何？今日我仍活著，五弟又從海外歸來，便是天大的喜事。」

俞岱巖骨氣極硬，自受傷以來，從不呻吟抱怨。他本來連話也不會說，但經張三丰悉心調治，以數十年修爲的精湛內力度入他體內，終於漸漸能開口說話，但他對當日之事始終絕口不提，直至今日，才說出這幾句話來。

殷素素道：「三伯，其實你心中早已料到，只是顧念著和翠山的兄弟之義，是以隱忍不說。不錯，那日在錢塘江中，躲在船艙中以蚊鬚針傷你的，便是小妹……」

張翠山大喝：「素素，當眞是你？你……你……你怎不早說？」

殷素素道：「傷害你三師哥的罪魁禍首，便是你妻子，我怎敢跟你說？」轉頭又向俞岱巖道：「三伯，後來以掌心七星釘傷你、騙了你手中屠龍寶刀的那人，是我的親哥哥殷野王。我想天鷹教跟武當派素無仇冤，屠龍寶刀既得，又敬重你是位好漢子，便叫龍門鏢局將你送回武當山。七星釘的解藥在我哥哥手裏，我沒法先給你解毒，至於途中另起風波，卻是我始料所不及了。」

張翠山全身發抖，目光中如要噴出火來，指著殷素素道：「你……你騙得我好苦！」

殷素素將佩劍遞給張翠山，說道：「五哥，你我十年夫妻，蒙你憐愛，情義深重，我今日死而無冤。三伯不肯斷我手臂罰我的大錯，只盼你一劍將我殺了，以全你武當七俠之義。」

張翠山接過劍來，一劍便要遞出，刺向妻子的胸膛，但霎時之間，十年來妻子對自己溫順體貼、柔情密意，種種好處登時都湧上心來，這一劍如何刺得下手？

他呆了一呆，突然大叫一聲，奔出房去。殷素素、俞蓮舟等六人不知他要如何，一齊跟出。只見他急奔至廳，向張三丰跪倒在地，說道：「恩師，弟子大錯已經鑄成，無可挽回，弟子只求你一件事。」

張三丰不知內室中發生何事，溫顏道：「甚麼事，你說罷，爲師決無不允。」

張翠山磕了三個頭，說道：「多謝恩師。弟子有一獨生愛子，落入奸人之手，盼恩師救他脫出魔掌，撫養他長大成人。」站起身來，走上幾步，向著空聞大師、鐵琴先生何太沖、崆峒派關能、峨嵋派靜玄師太等一干人朗聲說道：「我妻子殺了不少少林弟子，那時她可還不識得我，但我夫婦一體，所有罪孽，當由張翠山一人承當！我和金毛獅王義結金蘭，你們覬覦屠龍寶刀，想逼我對不起義兄，武當弟子豈是這等卑鄙無義之徒！」說著橫過長劍，在自己頸中一劃，鮮血迸濺，登時斃命。

張翠山死志甚堅，知道橫劍自刎之際，師父和衆同門定要出手相阻，是以置身於衆賓客之間，說完了那兩句話，立即出手。

張三丰及宋遠橋、俞蓮舟、殷梨亭四人齊聲驚呼搶上。但聽砰砰砰幾聲連響，六七人飛身摔出，均是張翠山身周的賓客，給張三丰師徒掌力震開。但終於遲了一步，張翠山劍刃斷喉，已無法挽救。張松溪、莫聲谷、殷素素三人出來較遲，相距更遠。

便在此時，廳口長窗外一個孩童聲音大叫：「爹爹，爹爹！」第二句聲音發悶，顯是給人按住了口。張三丰身形晃動，已到了長窗之外，只見一個穿著蒙古軍裝的漢子手中抱著一個八九歲的男孩。那男孩嘴巴遭按，卻兀自用力掙扎。

張三丰愛徒慘死，心如刀割，但他近百年的修爲，心神不亂，低聲喝道：「進去！」那人左足力點，抱了孩子便欲躍上屋頂，突覺肩頭壓沉，身子滯重異常，雙足竟沒法離地，原來張三丰悄沒聲的欺近身來，左手已輕輕搭上他肩頭。那人大驚，心知張三丰只須內勁吐出，自己不死也得重傷，只得依言走進廳去。

那孩子正是張翠山的兒子無忌。他給那人按住了嘴巴，可是在長窗外見父親橫劍自刎，如何不急，拚命掙扎，終於大聲叫了出來。

殷素素見丈夫為了自己而自殺身亡，突然間又見兒子無恙歸來，大悲之後，繼以大喜，問道：「孩兒，他們打了你嗎？你吃了苦嗎？」無忌昂然道：「他們就打死我，我也不說義父的事！」殷素素道：「好孩子，讓我抱抱你。」

張三丰道：「將孩子交給她。」那人全身受制，只得依言把無忌遞給殷素素。

無忌撲在母親懷裏，哭道：「媽，他們為甚麼逼死爹爹？是誰逼死爹爹的？」殷素素道：「這裏許許多多人，一齊上山來，只因你爹爹不肯說出義父的所在，他們便逼死了你爹爹。」無忌一對眼睛從左至右緩緩的橫掃一遍，他年紀雖小，但每人眼光和他目光相觸，心中都不由得一震。

殷素素道：「無忌，你答應媽一句話。」無忌道：「媽，你說。」殷素素道：「你別心急報仇，要慢慢的等著，只一個也別放過。」眾人聽了她這幾句冷冰冰的言語，背上都不自禁的感到一陣寒意，只聽無忌叫道：「媽！我不要報仇，我要爹爹活轉來。」

殷素素淒然道：「人死了，活不轉來了。」她身子微微一顫，說道：「孩子，你爹爹既然死了，咱們只得把你義父的下落，說給人家聽了。」無忌急道：「不，不能！他們要去害死義父的。讓他們打死我好了，爹爹不說，我也決計不說。」

殷素素搖搖頭，說道：「空聞大師，我只說給你一個人聽，請你俯耳過來。」這一著大出眾人意料之外，盡感驚詫。空聞道：「善哉，善哉！女施主若能早說片刻，張五俠也不必喪生。」走到殷素素身旁，俯耳過去。

殷素素嘴巴動了一會，卻沒發出一點聲音。空聞問道：「甚麼？」殷素素道：「那金毛獅王謝遜，他是躲在……」「躲在」兩字之下，聲音又模糊之極，聽不出半點。空聞又問：「甚麼？」殷素素道：「便是在那兒，屠龍寶刀也在那兒，你們少林派自己去找罷。」

空聞大急，道：「我沒聽見啊。」說著站直了身子，伸手搔頭，臉上盡是迷惘之色。殷素素冷笑道：「我只能說得這般，你到了那邊，自會見到金毛獅王謝遜。」

她抱著無忌，低聲道：「孩兒，你長大了之後，要提防女人騙你，越是好看的女人，越會騙人。」將嘴巴湊在無忌耳邊，極輕極輕的道：「我沒跟這和尚說，咱們誰也不說。我是騙他的……你瞧你媽……多會騙人！」說著淒然一笑，突然間雙手一鬆，身子斜斜跌倒，只見她胸口插著一把匕首。原來她在抱住無忌之時，已暗用匕首自刺，只是無忌擋在她身前，誰也沒瞧見。

無忌撲到母親身上，大叫：「媽媽，媽媽！」但殷素素自刺已久，支持了好一會，這時已然氣絕。無忌悲痛之下，竟不哭泣，瞪視著空聞大師，問道：「是你殺死我媽媽的，是不是？你爲甚麼逼死我爹爹，殺死我媽媽？」

空聞陡然間見此人倫慘變，雖是當今第一武學宗派的掌門，也不禁大爲震動，經無忌這麼一問，不自禁的退了一步，忙道：「不，不是我。是她……是她自盡的。」

無忌眼中淚水滾來滾去，但拚命的用力忍住，說道：「我不哭，我一定不哭，不哭給你們這些惡人看。」

空聞大師輕輕咳嗽了一聲，說道：「張眞人，這等變故……嗯，嗯……實非始料所及，張五俠夫婦既已自盡，那麼前事一概不究，我們就此告辭。」說罷合什行禮。張三丰還了一禮，淡淡的道：「恕不遠送。」少林僧衆一齊站起，便要走出。

殷梨亭怒喝：「你們……你們逼死我五哥……」但轉念又想：「五哥所以自殺，實是爲了對不起三哥，卻跟他們無干。」一句話說了一半，再也接不下口去，伏在張翠山的屍身之上，放聲大哭。

衆人心中都覺不是味兒，齊向張三丰告辭，均想：「這樑子當眞結得不小，武當派決計不肯善罷干休，從此後患無窮。」只宋遠橋紅著眼睛，送賓客出了觀門，轉過頭來時，眼淚已奪眶而出。大廳之上，武當派人人痛哭失聲。

峨嵋派衆人最後起身告辭。紀曉芙見殷梨亭哭得傷心，眼圈兒也自紅了，走近身去，低聲道：「六哥，我去啦，你……你自己多多保重。」殷梨亭淚眼模糊，抬起頭來，哽咽道：「你們……你們峨嵋派……也是來跟我五哥爲難麼？」紀曉芙忙道：「不是的，家師只是想請張師兄示知謝遜的下落。」她頓了一頓，牙齒咬住了下唇，隨即放開，唇上已出現了一排深深齒印，幾乎血也咬出來了，顫聲道：「六哥，我……我實在對你不住，一切你要看開些。我……我只有來生圖報了。」

殷梨亭覺她說得未免過份，道：「這不干你的事，我們不會怪你峨嵋派。」紀曉芙臉色慘白，道：「不……不是這個……」她不敢和殷梨亭再說話，轉頭望向無忌，說道：「好孩子，我們……我們大家，都會好好照顧你。」從頭頸中除下一個黃金項圈，要套在無忌頸中，柔聲道：「這個給了你……」

無忌將頭向後一仰，道：「我不要！」紀曉芙大是尷尬，手中拿著那個項圈，不知如何下台。她淚水本在眼眶中滾來滾去，這時終於流了下來。靜玄師太臉一沉，道：「紀師妹，跟小孩兒多說甚麼？咱們走罷！」紀曉芙掩面奔出。

無忌憋了良久，待靜玄、紀曉芙等出了廳門，正要大哭，豈知一口氣轉不過來，咕咚一聲，摔倒在地。俞蓮舟急忙抱起，知他在悲痛中忍住不哭，是以昏厥，說道：「孩子，你哭罷！」在他胸口推拿了幾下，豈知無忌這口氣竟轉不過來，全身冰冷，鼻孔中氣息微弱，俞蓮舟運力推拿，他始終不醒。衆人見他轉眼也要死去，無不失色。

張三丰伸手按在他背心「靈台穴」上，一股渾厚的內力隔衣傳送過去。以張三丰此時的內功修爲，只要不是立時斃命氣絕之人，不論受了多重損傷，他內力一到，定當好轉，那知他內力透進無忌體中，只見他臉色由白轉青、由青轉紫，身子更顫抖不已。張三丰伸手往他額頭摸去，觸手冰冷，宛似摸到一塊寒冰一般，大驚之下，右手又摸到他背心衣服之內，但覺他背心上有一處宛似炭炙火燒，四周卻寒冷徹骨。若非張三丰內力已至化境，這觸摸之下，只怕也要冷得發抖，便問：「遠橋，抱孩子進來的那個韃子兵呢？找找去！」

宋遠橋應聲出外，俞蓮舟曾跟那蒙古兵對掌受傷，知道大師兄也非他敵手，忙道：「我也去。」兩人並肩出廳。張三丰押著那蒙古兵進廳時，張翠山已自殺身亡，跟著殷素素自盡殉夫，各人悲痛之際，誰也沒留心那蒙古兵，一轉眼間，此人便走得不知去向。

張三丰撕開無忌背上衣服，只見細皮白肉之上，清清楚楚的印著一個碧綠的五指掌印。張三丰再伸手撫摸，只覺掌印處炙熱異常，周圍卻是冰冷，伸手摸上去時已然極不好受，無忌身受此傷，其難當可想而知。

過不多時，宋遠橋與俞蓮舟快步回廳，說道：「山上已沒外人。」兩人見到無忌背上奇異的掌印，都大吃一驚。

張三丰皺眉道：「我只道三十年前百損道人一死，這陰毒無比的玄冥神掌已然失傳，豈知世上居然還有人會這門功夫。」宋遠橋驚道：「這娃娃受的竟是玄冥神掌？」他年紀最長，曾聽到過「玄冥神掌」的名稱，至於俞蓮舟等，連這路武功的名字也從未聽見過。

張三丰嘆了口氣，並不回答，臉上老淚縱橫，雙手抱著無忌，望著張翠山的屍身，說道：「翠山，翠山，你拜我爲師，臨去時重託於我，可是我連你的獨生愛子也保不住，我活到一百歲有甚麼用？武當派名震天下又有甚麼用？我還不如死了的好！」

衆弟子盡皆大驚。各人從師以來，始終見他逍遙自在，從未聽他說過如此消沉哀痛之言。

殷梨亭道：「師父，這孩子……這孩子當眞沒救了麼？」張三丰雙臂橫抱無忌，在廳上東西踱步，說道：「除非……除非我師覺遠大師復生，將全部九陽眞經傳授於我。」

衆弟子的心都沉了下去，師父這句話，便是說無忌的傷勢沒法治愈了。

衆人沉默半晌。俞蓮舟道：「師父，那日弟子跟他對掌，此人掌力果然陰狠毒辣，世所罕見，弟子當場受傷。可是此刻弟子傷勢已愈，運氣用勁，尙無窒滯。」張三丰道：「那是託了你們『武當七俠』大名的福。以這玄冥神掌和人對掌，倘若對方內力勝過自己，掌力回激反衝，發掌者不免自受大禍。以後再遇上此人，可得千萬小心。」

俞蓮舟應道：「是。」心下凜然：「原來那人過於持重，怕我掌力勝他，是以一上來未曾全力施出玄冥神掌，否則我此刻多半已性命不保。下次若再相遇，他下手便不容情了。」又想：「我身受此掌，已然如此，無忌小小年紀，只怕……只怕……」

宋遠橋道：「適才我一瞥之間，見這人五十來歲年紀，高鼻深目，似是西域人。」莫聲谷道：「這人擄了無忌去，又送他上山來幹麼？」張松溪道：「這人逼問無忌不得，便用玄冥神掌傷了他，要五弟夫婦親眼見到無忌身受之苦，不得不吐露金毛獅王的下落。」莫聲谷怒道：「這人好大的膽子，竟敢上武當山來撒野！」張松溪黯然道：「上武當山來撒野的人，今日難道少了？」俞蓮舟道：「何況這人挾制了無忌，料得咱們投鼠忌器，不敢傷他。」

六人在大廳上呆了良久。無忌忽然睜開眼來，叫道：「爹爹，爹爹！我好痛啊，痛得很！」緊緊摟住張三丰，將頭貼在他懷裏。

俞蓮舟凜然道：「無忌，你爹爹已經死了，你要好好活下去，日後練好了武功，爲你爹爹報仇雪恨。」無忌叫道：「我不要報仇，我不要報仇！我要爹爹媽媽活轉來。二伯，咱們饒了那許多壞人惡人，大家想法子救活爹爹媽媽。」

張三丰等聽了這幾句話，忍不住又流下淚來。張三丰說道：「咱們盡力而爲，他再能活得幾時，瞧老天爺的慈悲罷。」對著張翠山的屍體揮淚叫道：「翠山，翠山！好苦命的孩子。」抱著無忌，走進自己雲房，手指連伸，點了他身上十八處大穴。

無忌穴道受點，登時不再顫抖，臉上綠氣卻愈來愈濃。張三丰知道綠色一轉爲黑，便此氣絕無救，除去無忌身上衣服，自己也解開道袍，胸膛和他背心相貼。

這時宋遠橋和殷梨亭在外料理張翠山夫婦的喪事。俞蓮舟、張松溪、莫聲谷三人來到師父雲房，知道師父正以「純陽無極功」吸取無忌身上的陰寒毒氣。張三丰並未婚娶，雖到百歲，仍是童男之體，八十餘載的修爲，那「純陽無極功」自已練到了登峯造極的地步。俞蓮舟等一旁隨侍，過了約莫半個時辰，見張三丰臉上隱隱現出綠氣，手指尖微微顫動。他睜開眼來，說道：「蓮舟，你來接替，一到支持不住便交給松溪，千萬不可勉強。」

俞蓮舟應道：「是。」解開長袍，將無忌抱在懷裏，肌膚相貼之際不禁打了個冷戰，便似懷中抱了一塊寒冰相似，說道：「七弟，你叫人去生幾盆炭火，越旺越好。」不久炭火點起，俞蓮舟卻兀自冷得難以忍耐。

張三丰坐在一旁，慢慢以眞氣通走三關，鼓盪丹田中的「氤氳紫氣」，將吸入體內的寒毒一絲一絲的化掉。待得他將寒氣化盡，站起身來時，只見已是莫聲谷將無忌抱在懷裏，俞蓮舟和張松溪坐在一旁，垂帘入定，化除體內寒毒。不久莫聲谷便已支持不住，命道僮去請宋遠橋和殷梨亭來接替。

這般以內力療傷，功力深淺，立時顯示出來，絲毫假借不得。莫聲谷只不過支持到一盞熱茶時分，宋遠橋卻可支持到兩炷香。殷梨亭將無忌一抱入懷，立時大叫一聲，全身打戰。張三丰驚道：「把孩子給我。你坐在一旁凝神調息，不可心有他念。」原來殷梨亭心傷五哥慘死，一直昏昏沉沉，神不守舍，直到神智寧定，才將無忌抱過。

如此六人輪流，三日三夜之內，勞瘁不堪，好在無忌體中寒毒漸解，每人支持的時刻逐步延長，到第四日上，六人才得偷出餘暇，稍一合眼入睡。自第八日起，每人分別助他療傷兩個時辰，這才慢慢修補損耗的功力。

初時無忌大有進展，體寒消減，神智日復，漸可稍進飲食，衆人只道他這條小命救回來了。豈知到得第三十六日上，俞蓮舟陡然發覺，不論自己如何催動內力，無忌身上的寒毒已一絲也拔不出來。可是他明明身子冰涼，臉上綠氣未褪。俞蓮舟還道自己功力不濟，當即跟師父說了。張三丰一試，竟也無法可施。接連五日五晚之中，六人千方百計，用盡了所知的諸般運氣之法，全沒半點功效。

無忌道：「太師父，我手腳都暖了，但頭頂、心口、小腹三處地方卻越來越冷。」張三丰暗暗心驚，安慰他道：「你的傷已好了，我們不用成天抱著你啦。你在太師父的床上睡一會兒罷。」抱他到自己床上睡下。

張三丰和衆徒走到廳上，嘆道：「寒毒侵入他頂門、心口和丹田，非外力所能解，看來咱們這三十幾天的辛苦全白耗了。」沉吟良久，心想：「要解他體內寒毒，旁人已無可相助，只有他自己修習《九陽眞經》中所載無上內功，方能陰陽互濟，化其至陰。但當時先師傳授經文，我所學不全，至今雖閉關數次，苦苦鑽研，仍只能想通得三四成。眼下也只好教他自練，能保得一日性命，便多活一日。」

於是將「九陽神功」的練法和口訣傳了無忌，這一門功夫變化繁複，非一言可盡，簡言之，初步功夫是練「大周天搬運」，使一股暖烘烘的眞氣，從丹田向鎭鎖任、督、衝三脈的「陰蹻庫」流注，折而走向尾閭關，然後分兩支上行，經腰脊第十四椎兩旁的「轆轤關」，上行經背、肩、頸而至「玉枕關」，此即所謂「逆運眞氣通三關」。然後眞氣向上越過頭頂的「百會穴」，分五路下行，與全身氣脈大會於「膻中穴」，再分主從兩支，還合於丹田，入竅歸元。如此循環一周，身子便如灌甘露，旣非至陽，亦非至陰，而是陰陽互濟，調和混元，丹田裏的眞氣似香煙繚繞，悠遊自在，那就是所謂「氤氳紫氣」。這氤氳紫氣練到相當火候，便能化除丹田中的寒毒。各派內功的道理無多分別，練法卻截然不同。張三丰所授的心法，以威力而論，可算得上當世第一。

無忌依法修練，練了兩年有餘，丹田中的氤氳紫氣已有小成，可是體內寒毒膠固於經絡百脈之中，非但無法化除，臉上的綠氣反而日甚一日，每當寒毒發作，所受的煎熬也一日比一日更加厲害。在這兩年之中，張三丰全力照顧無忌內功進修，宋遠橋等到處爲他找尋靈丹妙藥，甚麼百年以上的野山人參、成形首烏、雪山茯苓、五色靈芝等珍奇靈物，也不知給他服了多少，但始終有如石投大海。衆人見他日漸憔悴瘦削，雖見到他時總是強顏歡笑，心中卻無不黯然，心想張翠山留下的這惟一骨血，只怕沒法保住。

武當派諸人忙於救傷治病，也無餘暇去追尋傷害俞岱巖和無忌的仇人。這兩年中天鷹教教主殷天正數次遣人來探望外孫，贈送不少貴重禮物。武當諸俠心恨俞張二俠都是間接害在天鷹教手中，每次均將天鷹教使者逐下山去，禮物退回，一件不收。有一次莫聲谷還動手將使者狠狠打了一頓，從此殷天正也不再派人上山了。

這一日中秋佳節，武當諸俠和師父賀節，還未開席，無忌突然發病，臉上綠氣大盛，寒戰不止，他怕掃了衆人的興致，咬牙強忍，但這情形又有誰看不出來？殷梨亭將無忌拉入房中睡下，蓋上棉被，又生了一爐旺旺的炭火。張三丰忽道：「明日我帶同無忌，上嵩山少林寺走一遭。」衆人明白師父的心意，那是他無可奈何之下，逼得向少林寺低頭，親自去向空聞大師求救，盼望少林高僧能補全「九陽神功」中的不足之處，挽救無忌性命。

兩年前武當山上一會，少林、武當雙方嫌隙已深。張三丰一代宗師，以百餘歲的高齡，竟降尊紆貴的去求教，自是大失身分。衆人念著張翠山的情義，明知張三丰一上嵩山求教，自此武當派見到少林派時再也抬不起頭來，但這些虛名也顧不得了。本來峨嵋派也傳得一份《九陽眞經》，但掌門人滅絕師太脾氣孤僻古怪之極，張三丰曾數次致書通候，命殷梨亭送去，滅絕師太連封皮也不拆，便將來信原封不動退回。眼下除了向少林派低頭，再無別法了。

若由宋遠橋率領衆師弟上少林寺求教，雖於武當派顏面上較好，但勢所必然，空聞大師決不肯以《九陽眞經》的眞訣相授。衆人想起二三十年來威名赫赫的武當派從此要向少林派低頭，都鬱鬱不樂，慶賀團圓佳節的酒宴，也就在幾杯悶酒之後草草散席。

次日一早，張三丰帶同無忌啓程。五弟子本想隨行，但張三丰道：「咱們若人多勢衆，不免引起少林派疑心，還是由我們一老一小兩人去的好。」

兩人各騎一匹青驢，一路向北。少林、武當兩大武學宗派其實相距甚近，自鄂北的武當山至豫西嵩山，數日即至。張三丰和無忌自老河口渡過漢水，到了南陽，北行汝州，再折而向西，便是嵩山。

兩人上了少室山，將青驢繫在樹下，捨騎步行，張三丰舊地重遊，憶起八十餘年之前，師父覺遠大師挑了一對鐵水桶，帶同郭襄和自己逃下少林，此時回首前塵，豈止隔世？他心下感慨，攜著無忌之手，緩緩上山，但見五峯依舊，碑林如昔，可是覺遠、郭襄諸人卻早已不在人間了。

兩人到了一葦亭，少林寺已然在望，只見兩名少年僧人談笑著走來。張三丰打個問訊，說道：「相煩通報，便說武當山張三丰求見方丈大師。」

那兩名僧人聽到張三丰的名字，吃了一驚，凝目向他打量，但見他身形高大，鬚髮如銀，臉上紅潤光滑，笑咪咪的甚是可親，一件青布道袍卻污穢不堪。要知張三丰任性自在，不修邊幅，壯年之時，江湖上背地裏稱他爲「邋遢道人」，也有人稱之爲「張邋遢」的，直到後來武功日高，威名日盛，才沒人敢如此稱呼。

那兩個僧人心想：「張三丰是武當派的大宗師，武當派跟我們少林派向來不和，難道是生事打架來了嗎？」見他攜著一個面青肌瘦的十一二歲少年，兩個都貌不驚人，不見有絲毫威勢。一名僧人問道：「你便眞是武當山的張……張眞人麼？」張三丰笑道：「貨眞價實，不敢假冒！」另一名僧人聽他說話全無一派宗師的莊嚴氣概，更加不信，問道：「你眞不是開玩笑麼？」張三丰笑道：「張三丰有甚麼了不起？冒他的牌子有甚麼好處？」兩名僧人將信將疑，飛步回寺通報。

過了良久，只見寺門開處，方丈空聞大師率同師弟空智、空性走了出來。三人身後跟著十幾個身穿黃色僧袍的老和尙。張三丰知道是達摩院的長老們，輩份說不定比方丈還高，在寺中精研武學，不問外事，想是聽到武當派掌門人到來，非同小可，這才隨同方丈出迎。

張三丰搶出亭去，躬身行禮，說道：「有勞方丈和衆位大師出迎，何以克當？」空聞等一齊合什爲禮。空聞道：「張眞人遠來，大出小僧意外，不知有何見諭？」張三丰道：「便有一事相求。」空聞道：「請坐，請坐。」

張三丰在亭中坐定，即有僧人送上茶來。張三丰不禁有氣：「我好歹也是一派宗師，總也算是你們前輩，如何不請我進寺，卻讓我在半山坐地？別說是我，便對待尋常客人，也不該如此禮貌不周。」但他生性隨便，一轉念間，也就不放在心上了。

空聞說道：「張眞人光降敝山，原該恭迎入寺。只是張眞人少年之時不告而離少林寺，本派數百年的規矩，張眞人想亦知道，凡是本派棄徒、叛徒，終身不許再入寺門一步，否則當受刖足之刑。」張三丰哈哈一笑，道：「原來如此。貧道幼年之時，雖曾在少林寺服侍覺遠大師，但那是掃地烹茶的雜役，既沒剃度，亦未拜師，說不上是少林弟子。」

空智冷冷的道：「可是張眞人卻從少林寺中偷學了武功去。」

張三丰氣往上衝，但轉念想道：「我武當派的武功，雖是我後來潛心所創，但推本溯源，若非覺遠大師傳我《九陽眞經》，郭女俠又贈了我那一對少林鐵羅漢，此後一切武功盡皆無所依憑。他說我的武功得自少林，也不爲過。」於是心平氣和的道：「貧道今日，正是爲此而來。」

空聞和空智對望了一眼，心想：「不知他來幹甚麼？想來不見得有甚麼好意，多半是爲了張翠山的事而來找晦氣了。」空聞便道：「請示其詳。」

張三丰道：「適才空智大師言道，貧道的武功得自少林，此言本是不錯。貧道當年服侍覺遠大師，得蒙授以《九陽眞經》，這部經書博大精深，只是其時貧道年幼，所學不全，至今深以爲憾。其後覺遠大師荒山誦經，有幸得聞者共是三人，一位是峨嵋派創派祖師郭襄女俠，一位是貴派無色禪師，另一人便是貧道。貧道年紀最幼，資質最魯，又無武學根柢，三派之中，所得算是最少的了。」空智冷冷的道：「那也不然，張眞人自幼服侍覺遠，他豈有不暗中傳你之理？今日武當派名揚天下，那便是覺遠之功了。」覺遠的輩份比空智長了三輩，算來該是「太師叔祖」，但覺遠逃出少林寺，便給目爲棄徒，派中輩名已除，因之空智語氣之中也就不存禮貌。

張三丰站起身來，恭恭敬敬的道：「先師恩德，貧道無時或忘。」

少林四大神僧之中，空見慈悲爲懷，可惜逝世最早；空聞城府極深，喜怒不形於色；空性渾渾噩噩，天眞爛漫，不通世務；空智卻氣量褊隘，常覺張三丰在少林寺偷學了武功去，反而使武當派的名望駸駸然有凌駕於少林派之勢，向來心中不忿。他認定張三丰這次來到少林，是爲張翠山之死報仇洩憤。何況那日殷素素臨死之時，假意將謝遜的下落「告知」空聞，這一著「移禍江東」之計使得甚爲毒辣。兩年多來，三日兩頭便有武林人士來到少林寺滋擾，或明闖，或暗窺，或軟求，或硬問，不斷打聽謝遜的所在。空聞發誓賭咒，說道實在不知，但當時武當山紫霄宮中，各門各派數百對眼睛見到殷素素在空聞耳邊明言，如何是假？不論空聞如何解說，旁人總是不信，爲此而動武的月有數起。外來的武林人物死傷固多，少林寺中的高手卻也損折了不少。推究起來，豈非都是武當派種下的禍根？

寺中上下僧侶憋了兩年多的氣，難得今日張三丰自己送上門來，正好大大的折辱他一番。空智便道：「張眞人自承是從少林寺中偷得武功，可惜此言並無旁人聽見，否則傳將出去，也好叫江湖上盡皆知聞。」

張三丰道：「紅花白藕，天下武學原是一家，千百年來互相截長補短，眞正本源早已不可分辨。但少林派領袖武林，數百年來衆所公認，貧道今日上山，正是心慕貴派武學，自知不及，要向衆位大師求教。」

空聞、空智等只道他「要向衆位大師求教」這句話，乃是出言挑戰，不由得均各變色，心想這老道百歲的修爲，武功深不可測，舉世有誰是他敵手，他孤身前來，自是有恃無恐，想來在這兩年之中又練成了甚麼厲害無比的武功。

一時之間，三僧都不接口。最後空性卻道：「好老道，你要考較我們來著，我空性可不懼你。少林寺中千百名和尚一擁而上，你也未必就能把少林寺給挑了。」他嘴裏雖說「不懼」，心中其實大懼而特懼，先便打好了千百人一擁而上的主意。

張三丰忙道：「各位大師不可誤會，貧道所說求教，乃是眞的請求指點。只因貧道修習先師所傳《九陽眞經》，其中有不少疑難莫解、缺漏不全之處。少林衆高僧修爲精湛，若能不吝賜教，使張三丰得聞大道，感激良深。」說著站了起來，深深行了一禮。

張三丰這番言語，大出少林諸僧意料之外，他神功蓋代，開宗創派，修練已垂九十載，當代武林之中，聲望之隆，身分之高，無人能出其右，萬想不到今日竟會來向少林求教。空聞急忙還禮，說道：「張眞人取笑了。我等後輩淺學，連『他山之石，可以攻玉』這八字也說不上，如何能當得『指點』二字？」

張三丰知道此事本來太奇，對方不易入信，於是源源本本的將無忌如何中了玄冥神掌、體內陰毒無法驅出的情由說了，又說他是張翠山身後所遺獨子，無論如何要保其一命；目前除了學全「九陽神功」之外，再無他途可循，因此願將本人所學到的「九陽眞經」全部告知少林派，亦盼少林派能示知所學，雙方參悟補足。

空聞聽了，沉吟良久，說道：「我少林派七十二項絕技，八百年來從無一名僧俗弟子能練到十二項以上。張眞人所學自是冠絕古今，可是敝派只覺上代列位祖師傳下的武功太多，便只學十分之一，也已極難。張眞人再以一門神功和本派交換，雖盛情可感，然於本派而言，卻爲多餘。」頓了一頓，又道：「武當派武功，源出少林，今日若雙方交換武學，日後江湖上不明眞相之人，便會說武當派固然祖述少林，但少林派卻也從張眞人手上得到了好處。小僧忝為少林掌門，這般的流言卻擔代不起。」

張三丰心下暗暗嘆息，心道：「你身為武林第一大門派的掌門，號稱四大神僧之一，卻如此宥於門戶之見，胸襟未免太狹。」但其時有求於人，不便直斥其非，只得說道：「三位乃當世神僧，慈悲為懷，這小孩兒命在旦夕之間，還望體念佛祖救世救人之心，俯允所請，貧道實感高義。」

但不論他說得如何唇焦舌敝，三名少林僧始終婉言推辭。最後空聞道：「有方尊命，還請莫怪。」轉頭向身旁一名僧人道：「叫香積廚送一席上等素席，到這裏來款待張眞人。」那僧人應命去了。

張三丰神色黯然，舉手說道：「既是如此，老道這番可來得冒昧了。盛宴不敢叨領。多有滋擾，還請恕罪，就此別過。」躬身行了一禮，牽了無忌之手，飄然而去。

倚天屠龍記(大字版) / 金庸作.　-- 二版.
-- 臺北市：遠流，2017.10
冊；　公分. --(大字版金庸作品集；31–38)

ISBN 978-957-32-8103-0 (全套：平裝).

857.9　　　　　　　　　　106016639